W0413890

Arsène Lupin
L'Aiguille creuse

Jérôme FÉLIX
Textes

DELF
Couleurs

Michaël MINERBE
Dessins

D'après l'œuvre de Maurice Leblanc

OREP
EDITIONS

Merci à Mmes Florence et Nathalie Leblanc pour leur accueil,

Merci à Joëlle et Antoine pour leur professionnalisme,

Merci à Hervé Lechat, président des Amis d'Arsène Lupin, pour sa relecture avisée,

Et enfin, un immense merci à Pierre-Antoine Dumarquez et à Patrick Gueulle pour leur soutien indéfectible et leur érudition sans faille. Qu'ils sachent que l'ami Lupin nous a assuré qu'il ne viendrait pas visiter leurs demeures...

Michaël et Jérôme

Amis lecteurs, n'hésitez pas à rejoindre l'AAAL (Association des Amis d'Arsène Lupin). Plus d'informations sur www.aaal-lupin.jimdo.com.

Préface

« L'AIGUILLE CREUSE… » : impossible de prononcer ces deux mots sans que surgissent à la seconde de notre imaginaire, les noms d'Arsène Lupin, de Maurice Leblanc, ou d'Étretat.

Ce roman, écrit en 1909, est de loin le plus emblématique de l'œuvre de mon grand-père. C'est celui qui nous plonge avec délices dans ce « triangle cauchois », Rouen-Dieppe-Le Havre, où se déroulent les péripéties majeures de cet ouvrage, avec une petite diversion vers le château de l'Aiguille, dans la Creuse…

En lisant cette nouvelle édition de *L'Aiguille creuse*, j'ai retrouvé avec joie l'atmosphère créée par Maurice Leblanc. J'espère que tous ceux qui liront ces pages passeront un bon moment en compagnie de notre Gentleman Cambrioleur national et de ses poursuivants notoires : j'ai nommé l'ineffable commissaire Ganimard et le jeune Isidore Beautrelet, brillant élève de rhétorique au lycée parisien Janson de Sailly.

Je souhaite bon vent à cette nouvelle version des exploits d'Arsène Lupin.

Florence LEBLANC, le 14 mai 2018

LE 21 JANVIER 1793, À LA PRISON DU TEMPLE...
LES GARDES SONT ARRIVÉS MAJESTÉ.
ET BIEN NE LES FAISONS PAS ATTENDRE.
SI... SI SEULEMENT JE POUVAIS...
PERSONNE NE PEUT ME SAUVER DE L'ÉCHAFAUD MAIS IL Y A POURTANT UNE CHOSE QUE VOUS POUVEZ ENCORE FAIRE POUR MOI MON AMI.
REMETTEZ CETTE LETTRE À LA REINE EN LUI PRÉCISANT BIEN QU'ELLE INDIQUE COMMENT REJOINDRE LA CACHE DE CÉSAR QUI EST DANS L'AIGUILLE. ELLE COMPRENDRA.
LA REINE AURA VOTRE MESSAGE SIRE. JE LE JURE SUR MA VIE.
LA CACHE DE CÉSAR...
MAIS QU'EST-CE QUE ÇA PEUT BIEN ÊTRE?

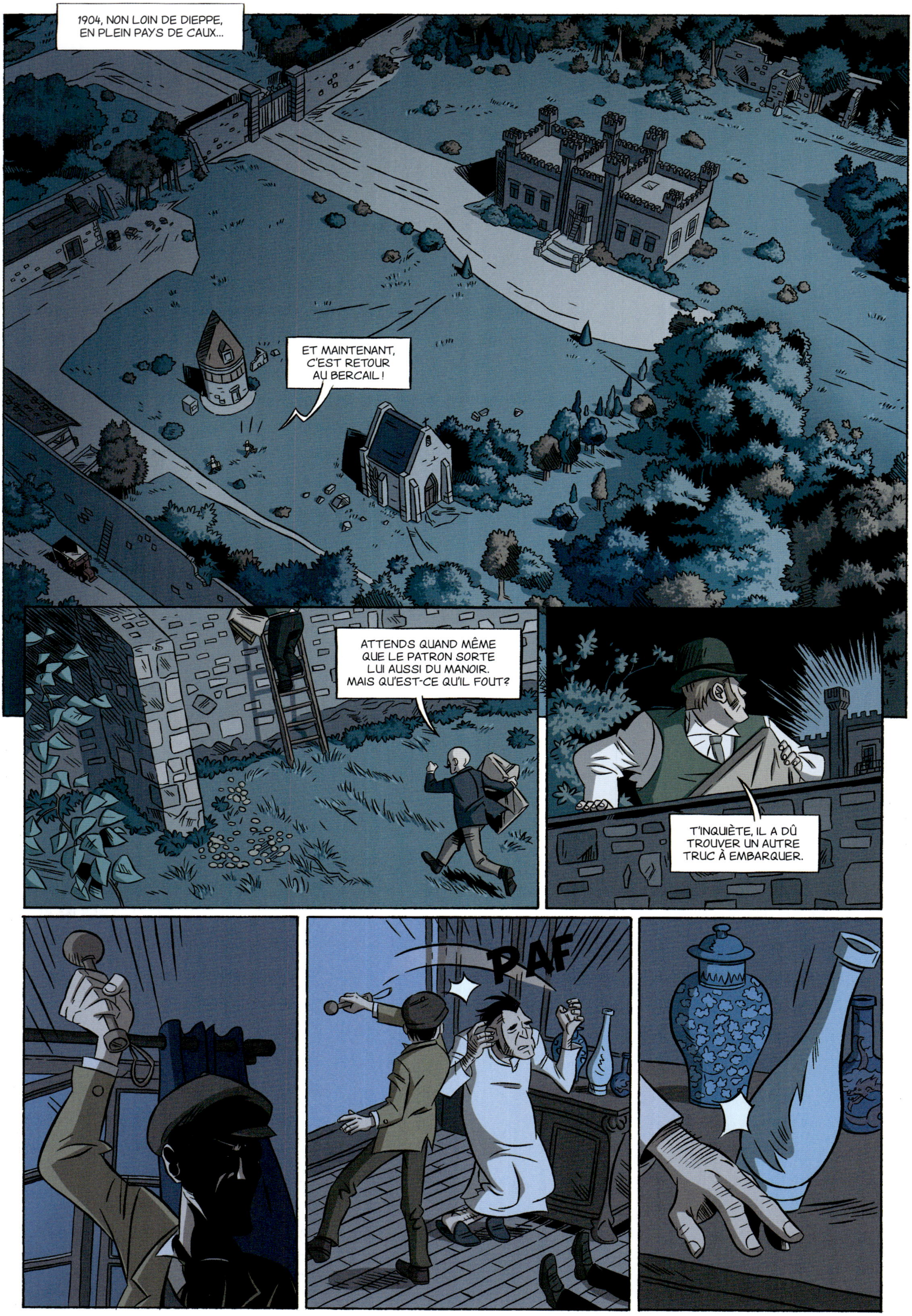
1904, NON LOIN DE DIEPPE, EN PLEIN PAYS DE CAUX...
ET MAINTENANT, C'EST RETOUR AU BERCAIL !
ATTENDS QUAND MÊME QUE LE PATRON SORTE LUI AUSSI DU MANOIR. MAIS QU'EST-CE QU'IL FOUT?
T'INQUIÈTE, IL A DÛ TROUVER UN AUTRE TRUC À EMBARQUER.
PAF

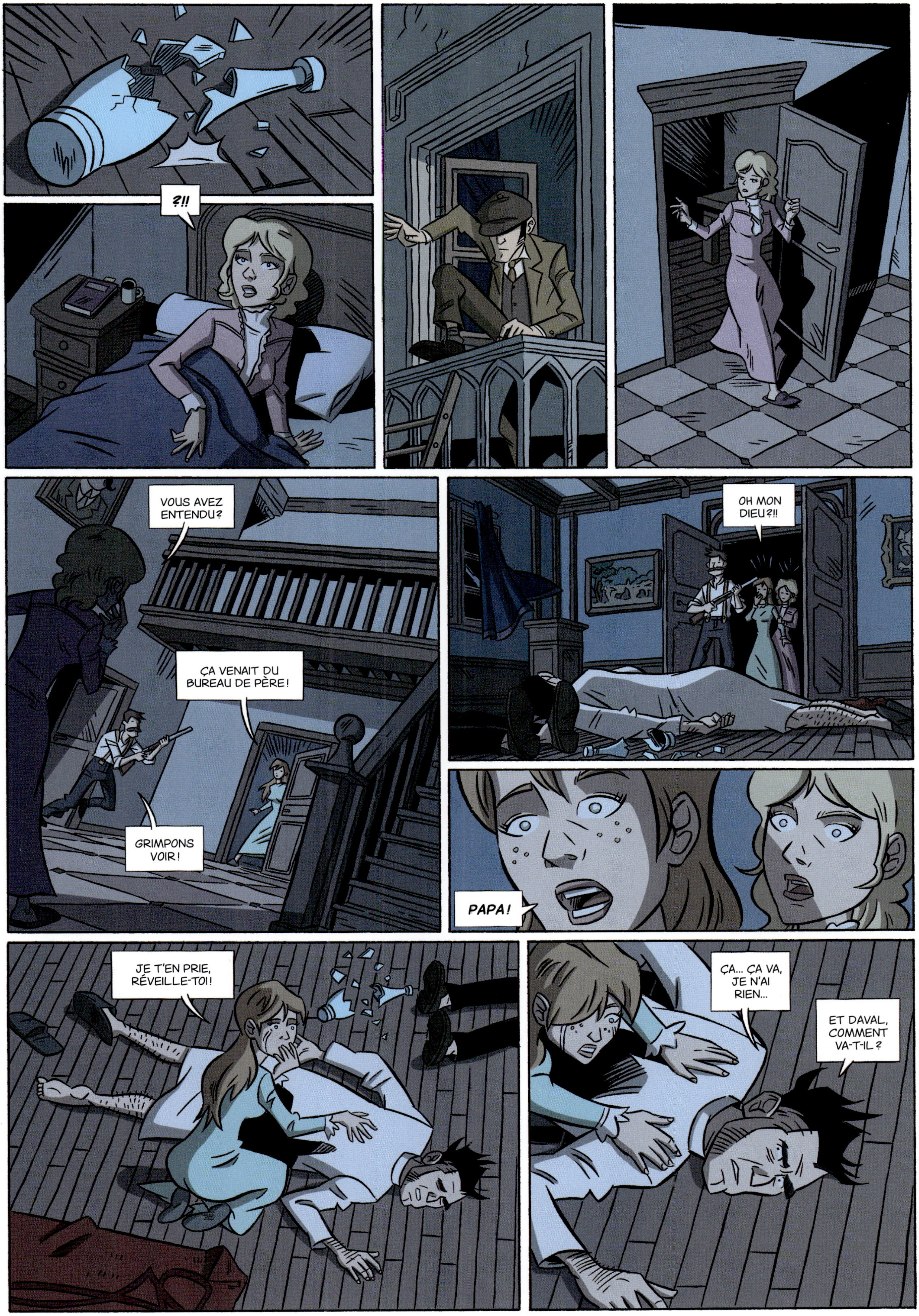
?!!
VOUS AVEZ ENTENDU?
ÇA VENAIT DU BUREAU DE PÈRE!
GRIMPONS VOIR!
OH MON DIEU?!!
PAPA!
JE T'EN PRIE, RÉVEILLE-TOI!
ÇA... ÇA VA, JE N'AI RIEN...
ET DAVAL, COMMENT VA-T-IL ?

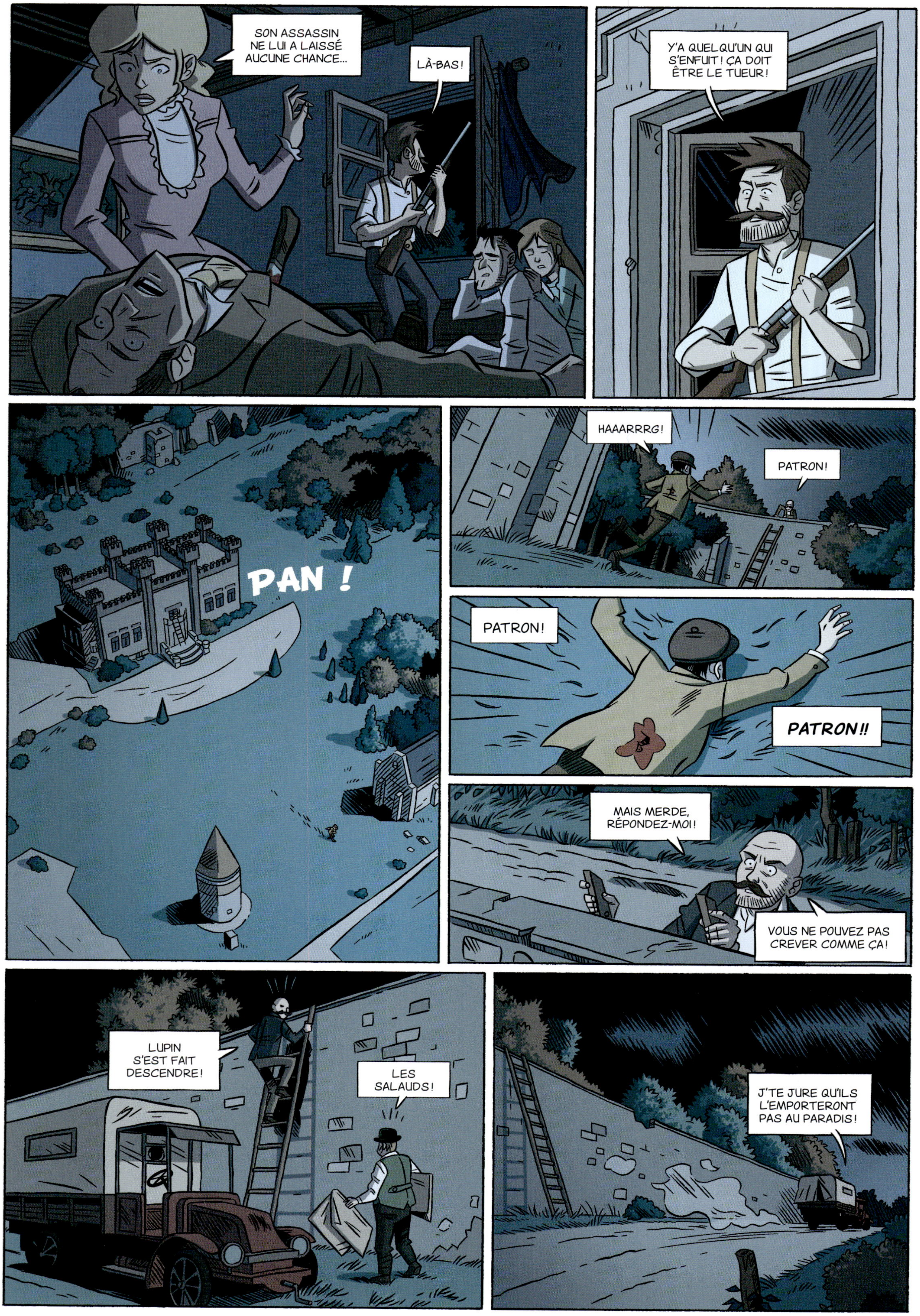
SON ASSASSIN NE LUI A LAISSÉ AUCUNE CHANCE...
LÀ-BAS!
Y'A QUELQU'UN QUI S'ENFUIT! ÇA DOIT ÊTRE LE TUEUR!
PAN !
HAAARRRG!
PATRON!
PATRON!
PATRON!!
MAIS MERDE, RÉPONDEZ-MOI!
VOUS NE POUVEZ PAS CREVER COMME ÇA!
LUPIN S'EST FAIT DESCENDRE!
LES SALAUDS!
J'TE JURE QU'ILS L'EMPORTERONT PAS AU PARADIS!

DESCENDONS VOIR QUI VOUS AVEZ TOUCHÉ!
REGARDEZ, IL SE RELÈVE!
FAUT L'ABATTRE AVANT QU'IL ATTEIGNE SON ÉCHELLE, FEU!
TROP TARD, IL S'EST PLANQUÉ DERRIÈRE LA VIEILLE CHAPELLE!
AVEC SA BLESSURE, IL N'IRA PAS LOIN.
DE TOUTE FAÇON, LE MUR D'ENCEINTE QUI ENTOURE LE DOMAINE EST INFRANCHISSABLE!
LÀ, SA CASQUETTE!
IL A DÛ LA PERDRE EN ENTRANT DANS LE BOIS. COUREZ CHERCHER LES MÉTAYERS, MOI J'Y VAIS!
PAS LA PEINE, ILS ARRIVENT!
C'ÉTAIT QUOI CE COUP DE FEU?
LE SECRÉTAIRE DE MON PÈRE A ÉTÉ TUÉ PAR QUELQU'UN QUI S'EST CACHÉ DANS LE BOIS.
RENÉ TU RETOURNES À LA PORTE D'ENTRÉE ET TU LA GARDES! CONSTANT T'Y REJOINDRA APRÈS AVOIR VIRÉ L'ÉCHELLE QUI EST SUR LE MUR. LES AUTRES AVEC MOI!

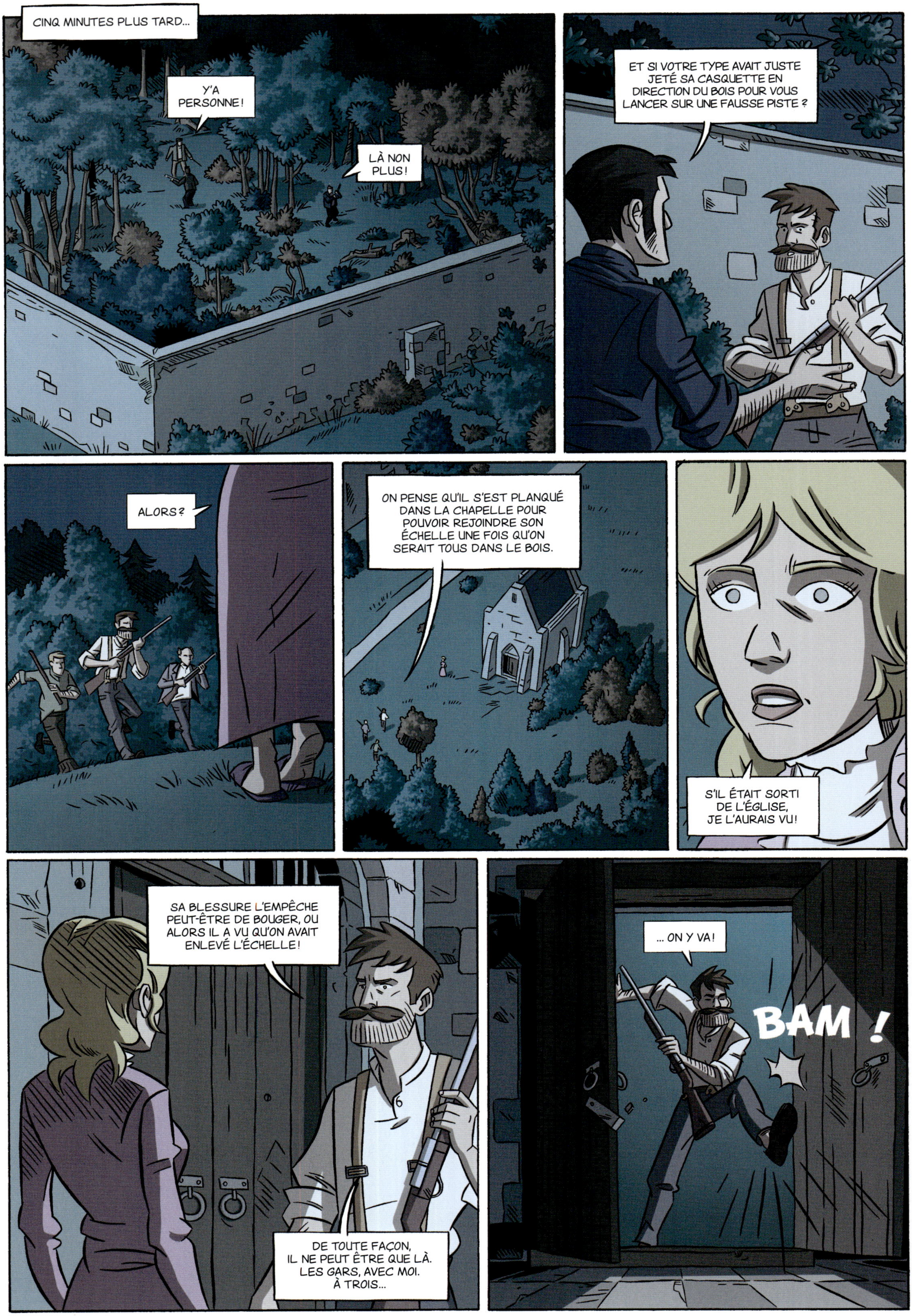
CINQ MINUTES PLUS TARD...
Y'A PERSONNE !
LÀ NON PLUS !
ET SI VOTRE TYPE AVAIT JUSTE JETÉ SA CASQUETTE EN DIRECTION DU BOIS POUR VOUS LANCER SUR UNE FAUSSE PISTE ?
ALORS ?
ON PENSE QU'IL S'EST PLANQUÉ DANS LA CHAPELLE POUR POUVOIR REJOINDRE SON ÉCHELLE UNE FOIS QU'ON SERAIT TOUS DANS LE BOIS.
S'IL ÉTAIT SORTI DE L'ÉGLISE, JE L'AURAIS VU !
SA BLESSURE L'EMPÊCHE PEUT-ÊTRE DE BOUGER, OU ALORS IL A VU QU'ON AVAIT ENLEVÉ L'ÉCHELLE !
DE TOUTE FAÇON, IL NE PEUT ÊTRE QUE LÀ. LES GARS, AVEC MOI. À TROIS...
... ON Y VA !
BAM !

IL N'Y A PERSONNE !
SAUF S'IL S'EST CACHÉ DERRIÈRE L'AUTEL !
VIDE !
PERSONNE ICI, PERSONNE DANS LE BOIS... MAIS OÙ S'EST-IL PLANQUÉ ALORS ?
J'EN SAIS RIEN. MAIS S'IL VEUT QUITTER LE DOMAINE, Y'A QUE PAR LA GRANDE PORTE QU'IL PEUT LE FAIRE.
ON N'A PAS BOUGÉ D'ICI...
... ET ON A VU PERSONNE !
CONTINUEZ À GARDER L'ENTRÉE, MOI JE RETOURNE AU MANOIR TÉLÉPHONER À LA POLICE.
AVEC LEUR AIDE, NOUS FOUILLERONS LE DOMAINE DE FOND EN COMBLE !

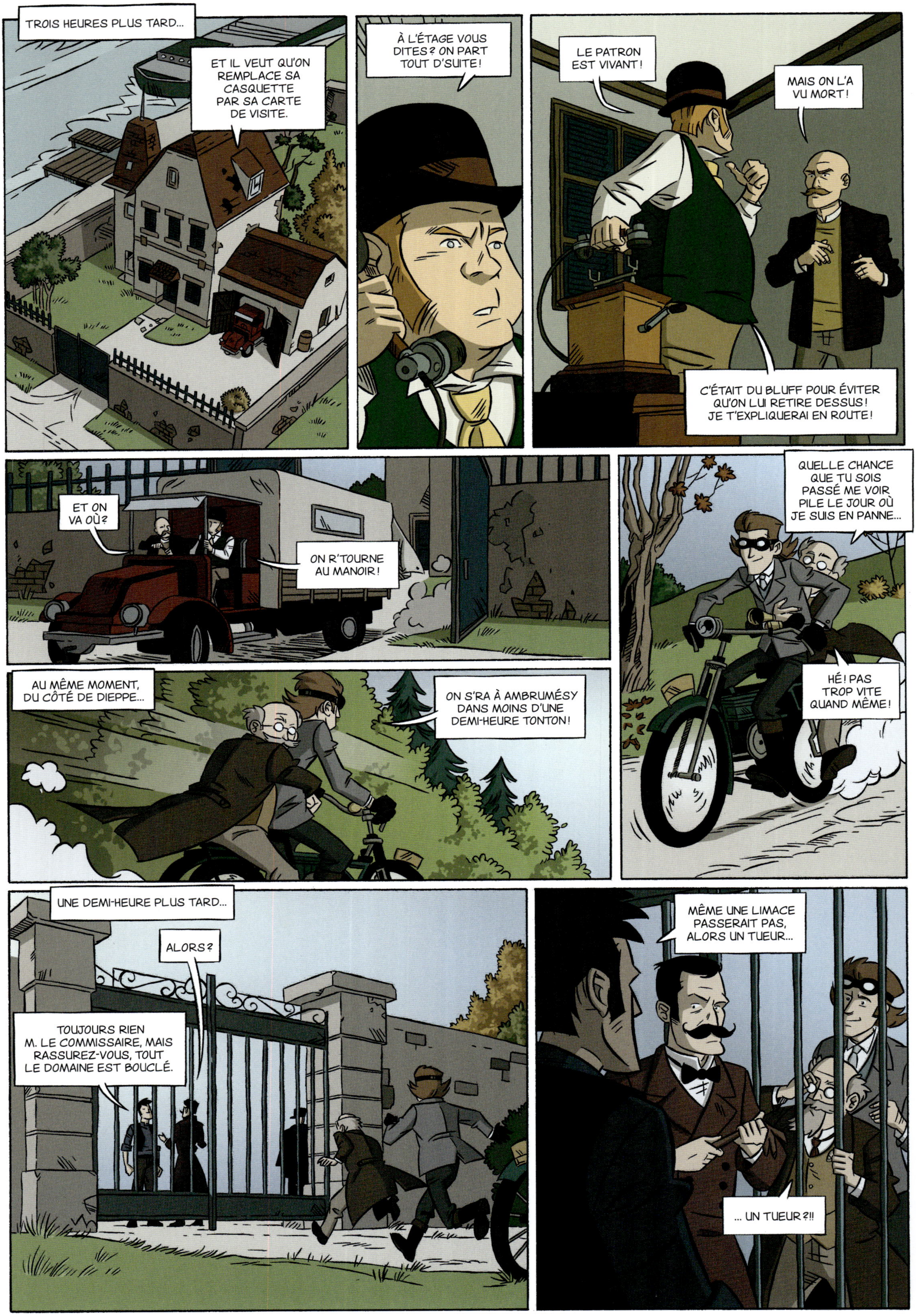
TROIS HEURES PLUS TARD...
ET IL VEUT QU'ON REMPLACE SA CASQUETTE PAR SA CARTE DE VISITE.
À L'ÉTAGE VOUS DITES? ON PART TOUT D'SUITE!
LE PATRON EST VIVANT!
MAIS ON L'A VU MORT!
C'ÉTAIT DU BLUFF POUR ÉVITER QU'ON LUI RETIRE DESSUS! JE T'EXPLIQUERAI EN ROUTE!
ET ON VA OÙ?
ON R'TOURNE AU MANOIR!
QUELLE CHANCE QUE TU SOIS PASSÉ ME VOIR PILE LE JOUR OÙ JE SUIS EN PANNE...
AU MÊME MOMENT, DU CÔTÉ DE DIEPPE...
ON S'RA À AMBRUMÉSY DANS MOINS D'UNE DEMI-HEURE TONTON!
HÉ! PAS TROP VITE QUAND MÊME!
UNE DEMI-HEURE PLUS TARD...
ALORS?
TOUJOURS RIEN M. LE COMMISSAIRE, MAIS RASSUREZ-VOUS, TOUT LE DOMAINE EST BOUCLÉ.
MÊME UNE LIMACE PASSERAIT PAS, ALORS UN TUEUR...
... UN TUEUR?!!

VOUS ?!! MAIS COMMENT ? JE VIENS À PEINE D'ARRIVER MOI ?!!
JOURNALISTE, C'EST UN MÉTIER !
DITES PLUTÔT MERCI AUX TONNES DE FLEURS QUE VOUS OFFREZ À MES PIPELETTES DE SECRÉTAIRES !
LA UNE VOUS DITES ?!!
COMMISSAIRE GANIMARD, LE JUGE VOUS DEMANDE DANS LE SALON.
BON ALORS COMMISSAIRE GANIMARD, QUE S'EST-IL PASSÉ ? N'OMETTEZ RIEN, RACONTEZ-MOI TOUT EN DÉTAIL CAR UN CRIME, C'EST LA UNE ASSURÉE.
DÉSOLÉ MAIS ON M'ATTEND.
PERMETTEZ QU'ON VOUS SUIVE !
CE SERAIT QUAND MÊME DOMMAGE DE NE PAS VOUS PHOTOGRAPHIER EN TRAIN DE MENOTTER LE TUEUR !
ET PUIS, SANS PHOTO, PAS DE UNE !
C'EST BON, LAISSEZ-LES ENTRER !
LA PETITE PORTE QU'ON NOUS A INDIQUÉE DOIT ÊTRE DANS LE COIN.
GARE-TOI ICI.
T'AS BIEN TOUT TON MATOS POUR LA SERRURE ?
T'INQUIÈTE ! JE VAIS TE L'OUVRIR EN DEUX COUPS DE CUILLÈRE À POT !
J'Y COMPTE BIEN !

ON Y EST !
À TOI DE JOUER !
ÇA Y EST, C'EST OUVERT.
MATE LE CONDÉ, IL DOIT ENCORE ÊTRE EN TRAIN DE CHERCHER LE PATRON.
UN BON COUP SUR LA CABOCHE ET SON COSTUME EST À TOI.
MON SECRÉTAIRE, QUI TRAVAILLE SOUVENT TARD LE SOIR, EST VENU ME RÉVEILLER VERS LES TROIS HEURES DU MATIN POUR M'AVERTIR QU'IL Y AVAIT DU BRUIT DANS MON BUREAU.
ON S'Y REND, J'OUVRE LA PORTE, ET APRÈS PLUS RIEN.
ON A DÛ VOUS ASSOMMER DÈS VOTRE ENTRÉE DANS LA PIÈCE.
MAIS VISIBLEMENT, LES CHOSES ONT ÉTÉ PLUS COMPLIQUÉES AVEC VOTRE EMPLOYÉ.
LE PAUVRE.
QUE VOUS A-T-ON VOLÉ ?
RIEN.
DE TOUTE FAÇON, SI LA PERSONNE QUI S'EST INTRODUITE CHEZ VOUS ÉTAIT UN CAMBRIOLEUR, IL NE SERAIT JAMAIS REPARTI SANS CES DEUX TOILES. DES RUBENS ?
QUEL COUP D'ŒIL, MONSIEUR LE JUGE !
ON ENTRE CHEZ VOUS, ON NE VOUS PREND RIEN, ET ON TUE VOTRE SECRÉTAIRE… VOTRE VISITEUR N'AVAIT DONC QU'UN BUT : ASSASSINER CET HOMME.
AVAIT-IL DES ENNEMIS ?

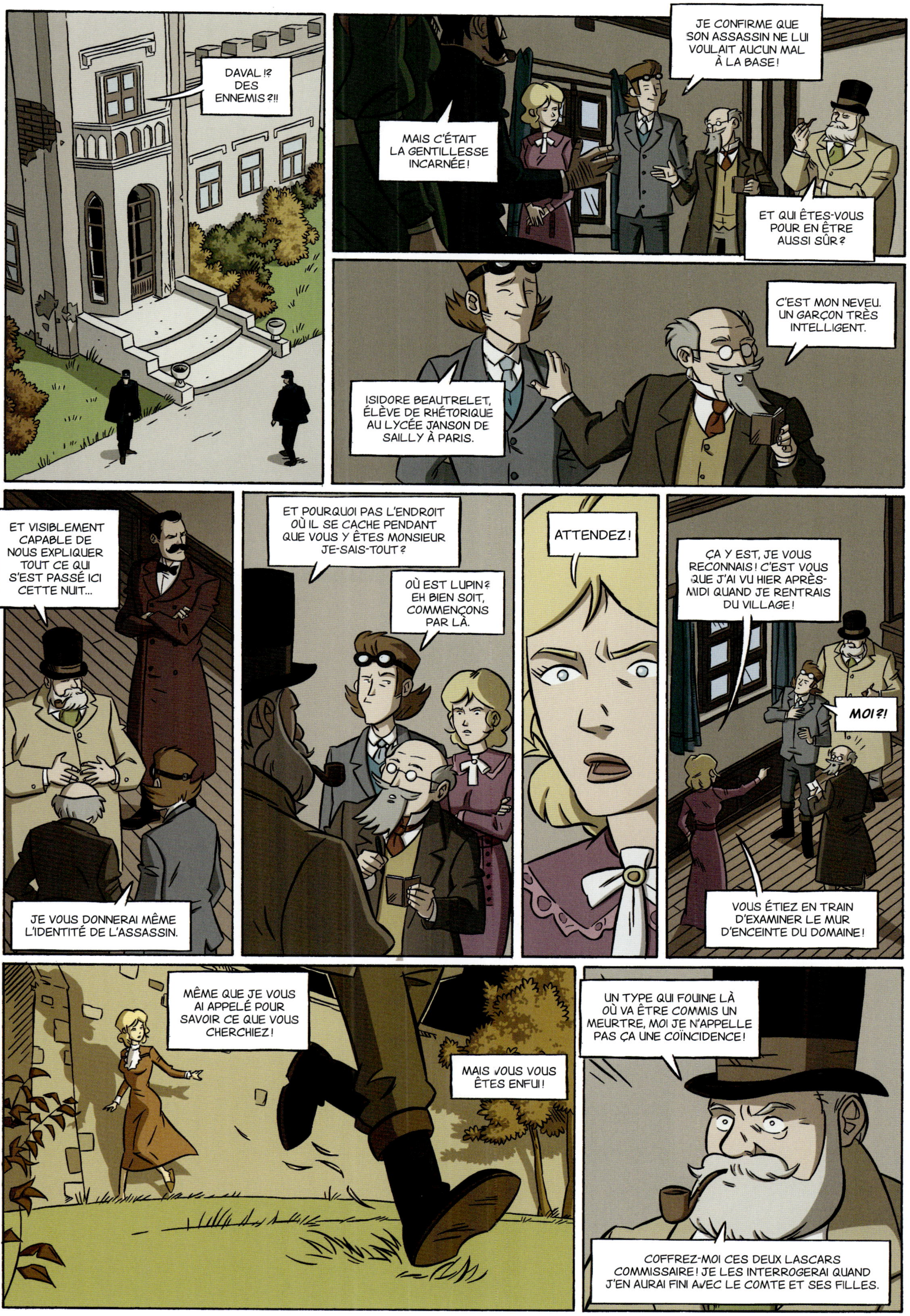
DAVAL !? DES ENNEMIS ?!!
MAIS C'ÉTAIT LA GENTILLESSE INCARNÉE !
JE CONFIRME QUE SON ASSASSIN NE LUI VOULAIT AUCUN MAL À LA BASE !
ET QUI ÊTES-VOUS POUR EN ÊTRE AUSSI SÛR ?
C'EST MON NEVEU. UN GARÇON TRÈS INTELLIGENT.
ISIDORE BEAUTRELET, ÉLÈVE DE RHÉTORIQUE AU LYCÉE JANSON DE SAILLY À PARIS.
ET VISIBLEMENT CAPABLE DE NOUS EXPLIQUER TOUT CE QUI S'EST PASSÉ ICI CETTE NUIT...
JE VOUS DONNERAI MÊME L'IDENTITÉ DE L'ASSASSIN.
ET POURQUOI PAS L'ENDROIT OÙ IL SE CACHE PENDANT QUE VOUS Y ÊTES MONSIEUR JE-SAIS-TOUT ?
OÙ EST LUPIN ? EH BIEN SOIT, COMMENÇONS PAR LÀ.
ATTENDEZ !
ÇA Y EST, JE VOUS RECONNAIS ! C'EST VOUS QUE J'AI VU HIER APRÈS-MIDI QUAND JE RENTRAIS DU VILLAGE !
MOI ?!
VOUS ÉTIEZ EN TRAIN D'EXAMINER LE MUR D'ENCEINTE DU DOMAINE !
MÊME QUE JE VOUS AI APPELÉ POUR SAVOIR CE QUE VOUS CHERCHIEZ !
MAIS VOUS VOUS ÊTES ENFUI !
UN TYPE QUI FOUINE LÀ OÙ VA ÊTRE COMMIS UN MEURTRE, MOI JE N'APPELLE PAS ÇA UNE COÏNCIDENCE !
COFFREZ-MOI CES DEUX LASCARS COMMISSAIRE ! JE LES INTERROGERAI QUAND J'EN AURAI FINI AVEC LE COMTE ET SES FILLES.

AU MÊME MOMENT...
LA VOILÀ !
JE L'EMBARQUE...
JE FOUS ÇA À SA PLACE.
Encore raté ! Arsène Lupin
ET J'ME CASSE !
MAIS PUISQUE JE VOUS DIS QUE MON NEVEU A PASSÉ TOUTE LA JOURNÉE D'HIER AVEC MOI À DIEPPE !
ET MOI JE SUIS LA REINE D'ANGLETERRE !
BOUCLEZ-MOI CES DEUX GUGUS JUSQU'À L'ARRIVÉE DU JUGE. ET SURTOUT NE LES LÂCHEZ PAS D'UNE SEMELLE !
VOUS TOMBEZ BIEN BRIGADIER !
À VOS ORDRES !
S'ILS VOIENT LA CARTE DE LUPIN, JE SUIS CUIT !
FAUT QUE JE LES METTE DANS UNE AUTRE PIÈCE !
ENTREZ LÀ-DEDANS VOUS DEUX !
C'EST BON, UN DE NOS HOMMES LES GARDE.
JE LES CUISINERAI QUAND J'EN AURAI FINI AVEC M. LE COMTE. BON REPRENONS...
JE VAIS PAS BOUGER DE DERRIÈRE CETTE PORTE.
ALORS INUTILE DE TENTER QUOI QUE CE SOIT !

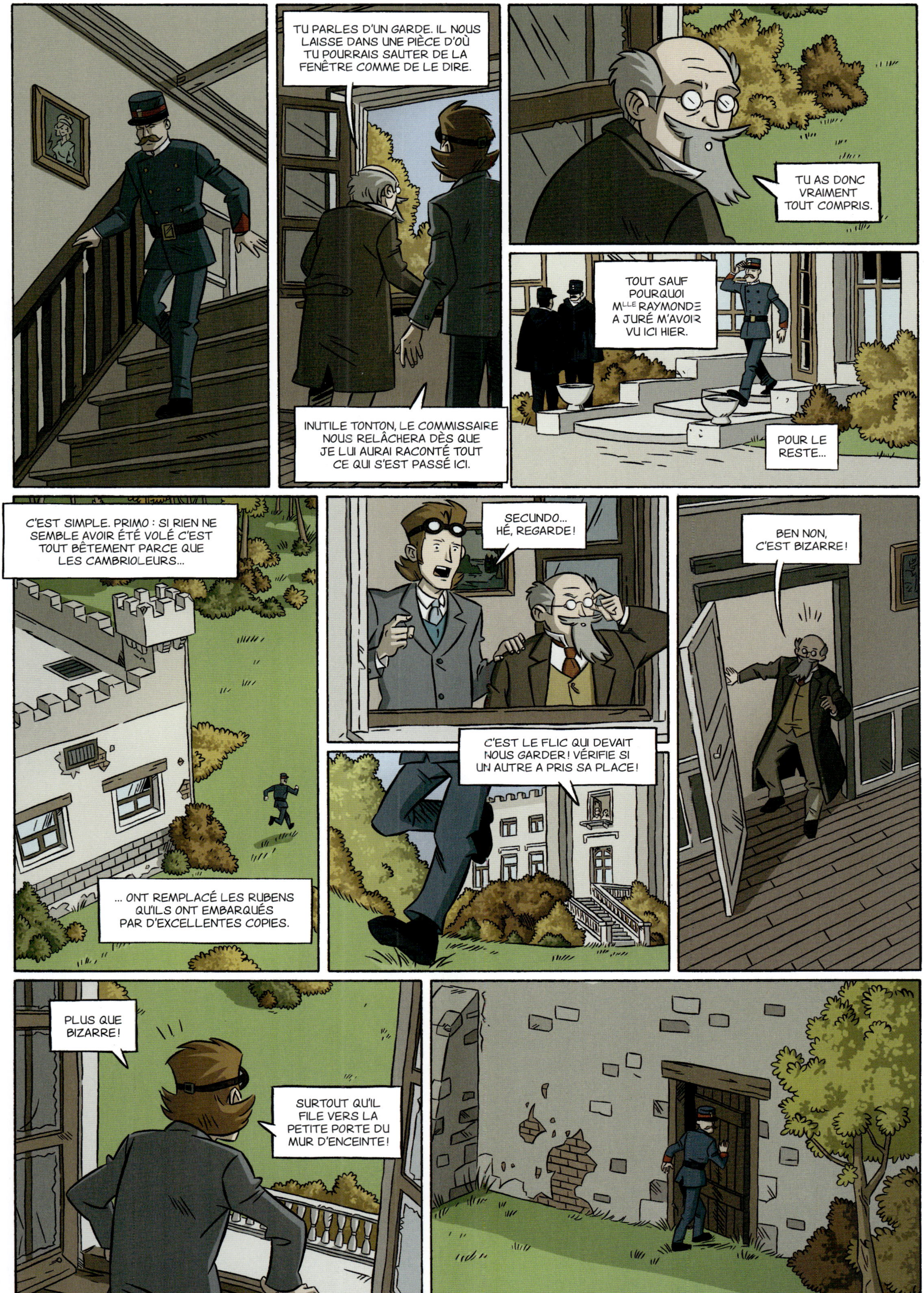
TU PARLES D'UN GARDE. IL NOUS LAISSE DANS UNE PIÈCE D'OÙ TU POURRAIS SAUTER DE LA FENÊTRE COMME DE LE DIRE.
INUTILE TONTON, LE COMMISSAIRE NOUS RELÂCHERA DÈS QUE JE LUI AURAI RACONTÉ TOUT CE QUI S'EST PASSÉ ICI.
TU AS DONC VRAIMENT TOUT COMPRIS.
TOUT SAUF POURQUOI MLLE RAYMONDE A JURÉ M'AVOIR VU ICI HIER.
POUR LE RESTE...
C'EST SIMPLE. PRIMO : SI RIEN NE SEMBLE AVOIR ÉTÉ VOLÉ C'EST TOUT BÊTEMENT PARCE QUE LES CAMBRIOLEURS...
... ONT REMPLACÉ LES RUBENS QU'ILS ONT EMBARQUÉS PAR D'EXCELLENTES COPIES.
SECUNDO... HÉ, REGARDE !
C'EST LE FLIC QUI DEVAIT NOUS GARDER ! VÉRIFIE SI UN AUTRE A PRIS SA PLACE !
BEN NON, C'EST BIZARRE !
PLUS QUE BIZARRE !
SURTOUT QU'IL FILE VERS LA PETITE PORTE DU MUR D'ENCEINTE !

QU'EST-CE QUE TU FAIS ISIDORE ?
JE SUIS MON INTUITION, TONTON !
TOI, PRÉVIENS LE COMMISSAIRE !
S'IL A REFERMÉ LA PORTE À CLEF, JE SUIS CUIT !
COMMISSAIRE GANIMARD ! COMMISSAIRE GANIMARD !
MAIS OÙ EST LE GARDE QUI... ?
IL A QUITTÉ LA PROPRIÉTÉ, MAIS MON NEVEU EST À SES TROUSSES !
FAUT ALLER L'AIDER...
... VITE !
TROP TARD !
MAIS J'Y PENSE, Y A QU'UNE ROUTE QUI MÈNE AU CHÂTEAU !

TU VOIS, J'T'AVAIS BIEN DIT QU'ON NOUS SUIVAIT !
MERDOUILLE DE MERDOUILLE !
GARE-TOI SUR LE CÔTÉ, SINON !!!
ET MAINTENANT, TU GRIMPES DANS LE CAMION ! ALLEZ !
QU'EST-CE QU'ON VA FAIRE DE CE ZOUAVE ?
FAUT LE FOUTRE AU FRAIS LE TEMPS DE POUVOIR EN CAUSER À LUPIN.

UNE HEURE PLUS TARD...
TE BILE PAS, LE PATRON NOUS EN VOUDRAIT À MORT SI ON T'FAISAIT DU MAL !
OUAIS, LA BANDE À LUPIN TUE PAS ! JAMAIS !
LUPIN ?!!
MAIS S'IL NE S'REMET PAS DE LA BASTOS QU'IL A PRISE, LÀ CE S'RA PLUS PAREIL !
AH AU FAIT, ON VA T'FAIRE DE LA PLACE.
OUAIS, TOUT LE BAZAR QU'ON A PIQUÉ DEPUIS DEUX MOIS PART CETTE NUIT CHEZ NOTRE RECELEUR PRÉFÉRÉ.
?!!
MAIS...
... C'EST LE RUBENS DU COMTE !
ET ÇA !
ON DIRAIT LE MAÎTRE-AUTEL QUE J'AI VU DANS LA CHAPELLE !

LE SOIR MÊME...
QUATRE JOURS PLUS TARD...
LE PATRON A PAS SURVÉCU À LA BALLE QU'IL A PRISE !
LUPIN EST MORT ?!
OUI ET TU VAS ALLER DIRE À TES AMIS DE LA FLICAILLE QUE NOT' VENGEANCE VA ÊTRE TERRIBLE !
TERRIBLE !

UNE HEURE PLUS TARD...
RASSURE-TOI ISIDORE, JE SAIS QUE CE N'EST PAS TOI QUI A TUÉ LE SECRÉTAIRE DU COMTE ! FAUDRA QUAND MÊME M'EXPLIQUER POURQUOI ON T'A VU RÔDER AUTOUR DE SON MANOIR !
ET QUI EST L'ASSASSIN SELON VOUS ?
ARSÈNE LUPIN !
VOUS SAVEZ BIEN QU'IL NE TUE JAMAIS !
IL A POURTANT SIGNÉ SON MÉFAIT CETTE FOIS !
Arsène Lupin
LE POLICIER QUE TU AS SUIVI, C'ÉTAIT LUI.
NON, C'ÉTAIT L'UN DES HOMMES QUI M'A EMPRISONNÉ ICI.
QU'EST-CE QUE C'EST ENCORE QUE CETTE HISTOIRE ?!!
C'EST POURTANT SIMPLE. LE DOMESTIQUE DU COMTE TIRE. LUPIN EST TOUCHÉ.
ET IL SE PLANQUE ON NE SAIT OÙ ?
JE VOUS LE DIRAI PLUS TARD.
UNE FOIS À L'ABRI, LUPIN ORDONNE À SES HOMMES DE VENIR DÉPOSER L'UNE DE SES CARTES DE VISITE AU MANOIR.
MAIS COMMENT LES CONTACTE-T-IL ?
PLUS TARD.
LA CARTE EST DÉPOSÉE. POUR VOUS, C'EST LA PREUVE QUE LUPIN A RÉUSSI À S'ENFUIR ! POUR LUI, C'EST L'ASSURANCE QUE VOS HOMMES STOPPERONT LEURS RECHERCHES.
DÈS LORS, IL N'A PLUS QU'À ATTENDRE D'ÊTRE SUFFISAMMENT REMIS DE SES BLESSURES POUR QUITTER LE DOMAINE DU COMTE SANS RISQUE.
MAIS VISIBLEMENT LES CHOSES NE SE SONT PAS PASSÉES COMME IL L'AVAIT PRÉVU.
ET C'EST POUR ÇA QUE JE SUIS SÛR QU'IL EST TOUJOURS DANS SA CACHETTE !

UN PEU PLUS TARD...
MONSIEUR LE COMMISSAIRE !
MAIS QUE SE PASSE-T-IL ENCORE ?
LE JEUNE BEAUTRELET EST SÛR QUE LUPIN EST ENCORE CHEZ VOUS. SI C'EST VRAI, ON VA ENFIN POUVOIR COINCER CE MEURTRIER !
JE N'AI JAMAIS DIT QUE LUPIN ÉTAIT UN ASSASSIN !
MAIS QUI A TUÉ DAVAL ALORS ?
POLICE
ÇA, JE VOUS L'AURAIS RÉVÉLÉ LE JOUR MÊME DE SA MORT SI VOUS M'EN AVIEZ LAISSÉ LE TEMPS. MAIS REPRENONS DEPUIS LE DÉBUT PUISQUE VOUS ÊTES DISPOSÉ À M'ÉCOUTER CETTE FOIS.
COMME VOUS L'A DÉJÀ SÛREMENT APPRIS MON ONCLE, LES RUBENS DU BUREAU SONT DES FAUX RÉALISÉS DURANT LES ABSENCES DU COMTE.
ET SI LUPIN SAVAIT QUAND LE MANOIR ÉTAIT VIDE, C'EST PARCE QU'IL Y AVAIT UN COMPLICE.
LA TAUPE C'ÉTAIT DAVAL !
C'EST AUSSI LUI QUI OUVRE LA FENÊTRE LE SOIR OÙ LES TOILES DOIVENT ÊTRE REMPLACÉES PAR LEURS COPIES.
LES HOMMES DE LUPIN REPARTENT AVEC LES VRAIS RUBENS TANDIS QUE LEUR CHEF ACCROCHE LES FAUX.
MAIS LE COMTE, QUI A ENTENDU DU BRUIT, ARRIVE !

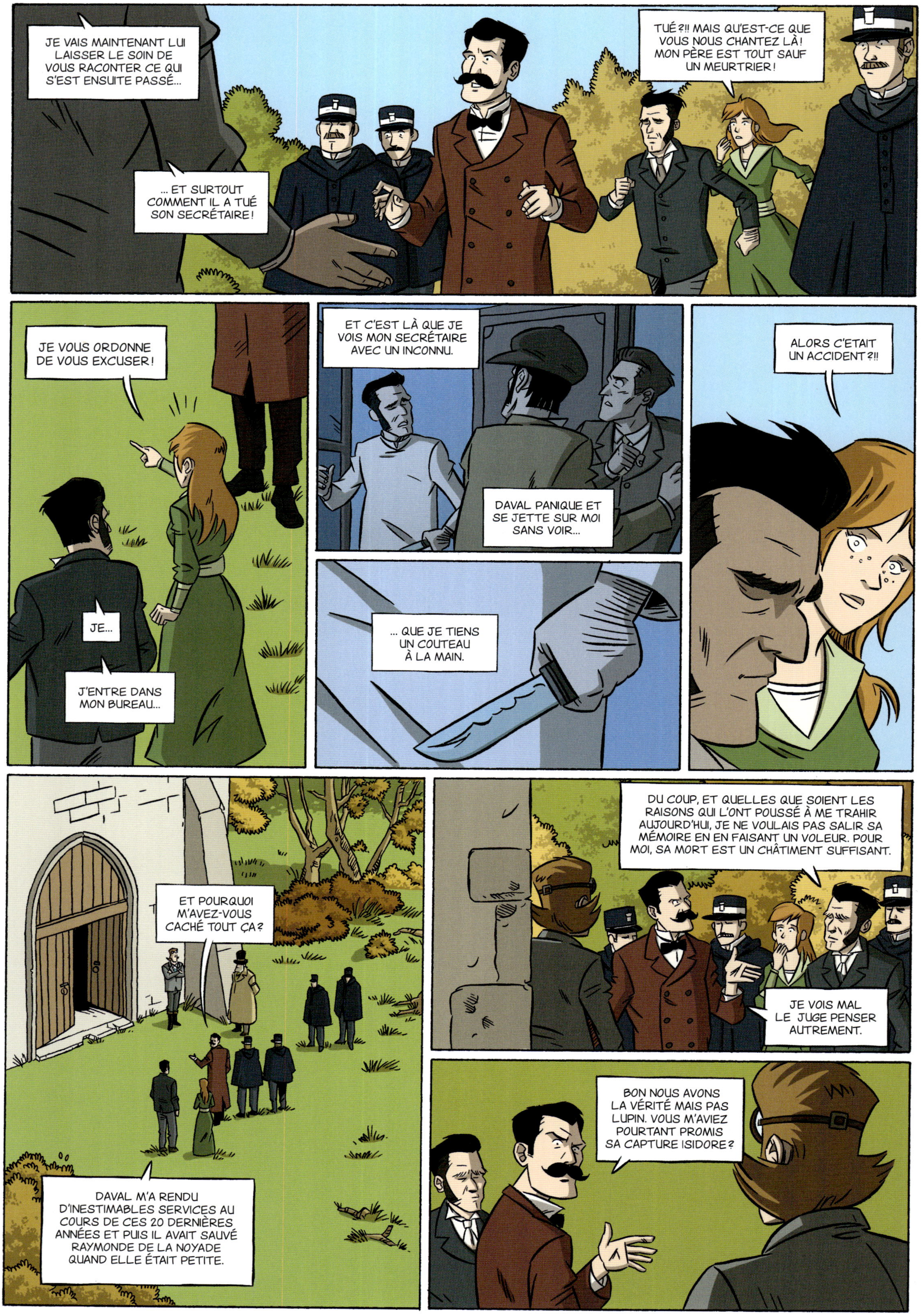
JE VAIS MAINTENANT LUI LAISSER LE SOIN DE VOUS RACONTER CE QUI S'EST ENSUITE PASSÉ...
... ET SURTOUT COMMENT IL A TUÉ SON SECRÉTAIRE !
TUÉ ?!! MAIS QU'EST-CE QUE VOUS NOUS CHANTEZ LÀ ! MON PÈRE EST TOUT SAUF UN MEURTRIER !
JE VOUS ORDONNE DE VOUS EXCUSER !
JE...
J'ENTRE DANS MON BUREAU...
ET C'EST LÀ QUE JE VOIS MON SECRÉTAIRE AVEC UN INCONNU.
DAVAL PANIQUE ET SE JETTE SUR MOI SANS VOIR...
... QUE JE TIENS UN COUTEAU À LA MAIN.
ALORS C'ETAIT UN ACCIDENT ?!!
ET POURQUOI M'AVEZ-VOUS CACHÉ TOUT ÇA ?
DAVAL M'A RENDU D'INESTIMABLES SERVICES AU COURS DE CES 20 DERNIÈRES ANNÉES ET PUIS IL AVAIT SAUVÉ RAYMONDE DE LA NOYADE QUAND ELLE ÉTAIT PETITE.
DU COUP, ET QUELLES QUE SOIENT LES RAISONS QUI L'ONT POUSSÉ À ME TRAHIR AUJOURD'HUI, JE NE VOULAIS PAS SALIR SA MÉMOIRE EN EN FAISANT UN VOLEUR. POUR MOI, SA MORT EST UN CHÂTIMENT SUFFISANT.
JE VOIS MAL LE JUGE PENSER AUTREMENT.
BON NOUS AVONS LA VÉRITÉ MAIS PAS LUPIN. VOUS M'AVIEZ POURTANT PROMIS SA CAPTURE ISIDORE ?

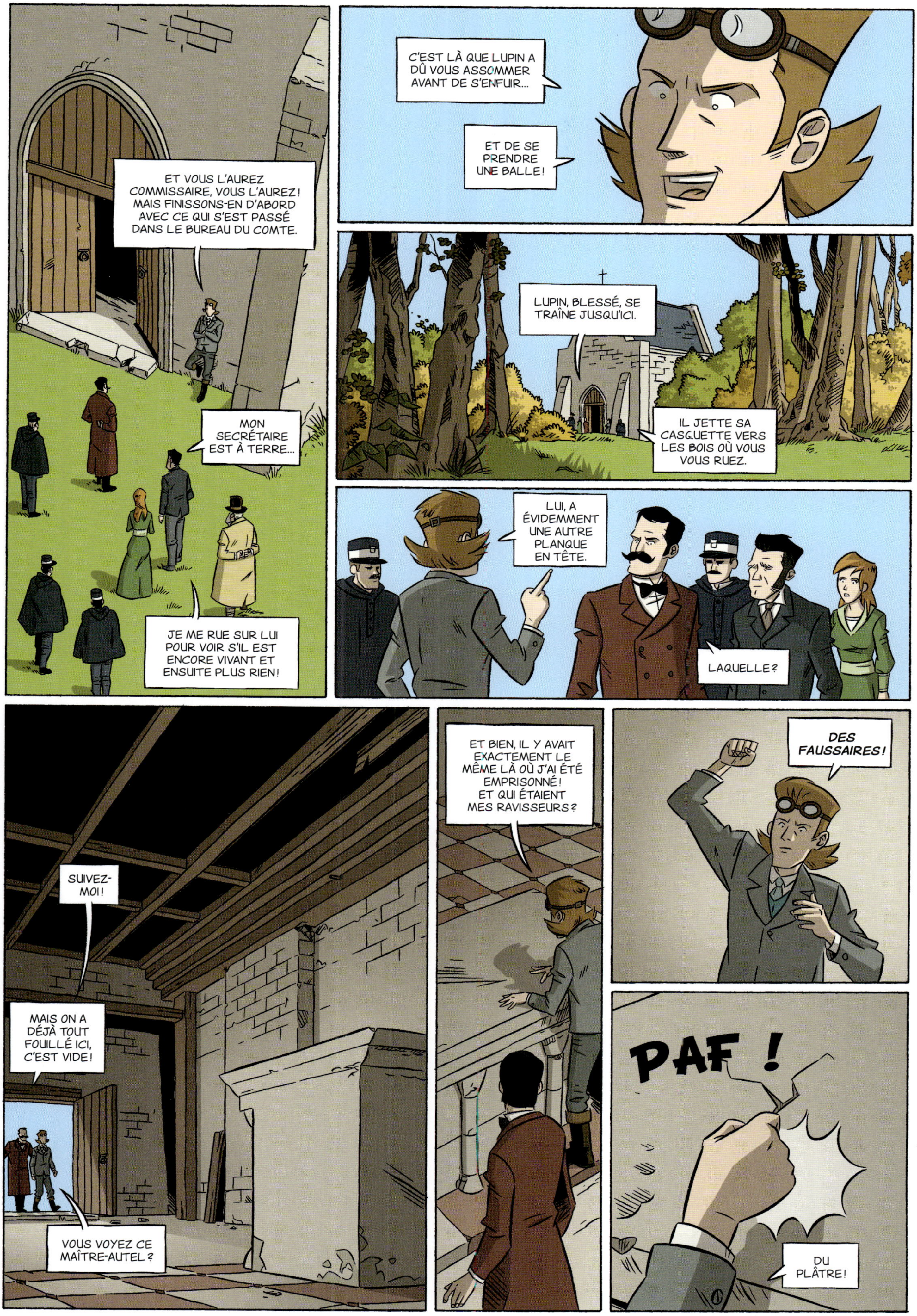
ET VOUS L'AUREZ COMMISSAIRE, VOUS L'AUREZ ! MAIS FINISSONS-EN D'ABORD AVEC CE QUI S'EST PASSÉ DANS LE BUREAU DU COMTE.
MON SECRÉTAIRE EST À TERRE...
JE ME RUE SUR LUI POUR VOIR S'IL EST ENCORE VIVANT ET ENSUITE PLUS RIEN !
C'EST LÀ QUE LUPIN A DÛ VOUS ASSOMMER AVANT DE S'ENFUIR...
ET DE SE PRENDRE UNE BALLE !
LUPIN, BLESSÉ, SE TRAÎNE JUSQU'ICI.
IL JETTE SA CASQUETTE VERS LES BOIS OÙ VOUS VOUS RUEZ.
LUI, A ÉVIDEMMENT UNE AUTRE PLANQUE EN TÊTE.
LAQUELLE ?
SUIVEZ-MOI !
MAIS ON A DÉJÀ TOUT FOUILLÉ ICI, C'EST VIDE !
VOUS VOYEZ CE MAÎTRE-AUTEL ?
ET BIEN, IL Y AVAIT EXACTEMENT LE MÊME LÀ OÙ J'AI ÉTÉ EMPRISONNÉ ! ET QUI ÉTAIENT MES RAVISSEURS ?
DES FAUSSAIRES !
PAF !
DU PLÂTRE !

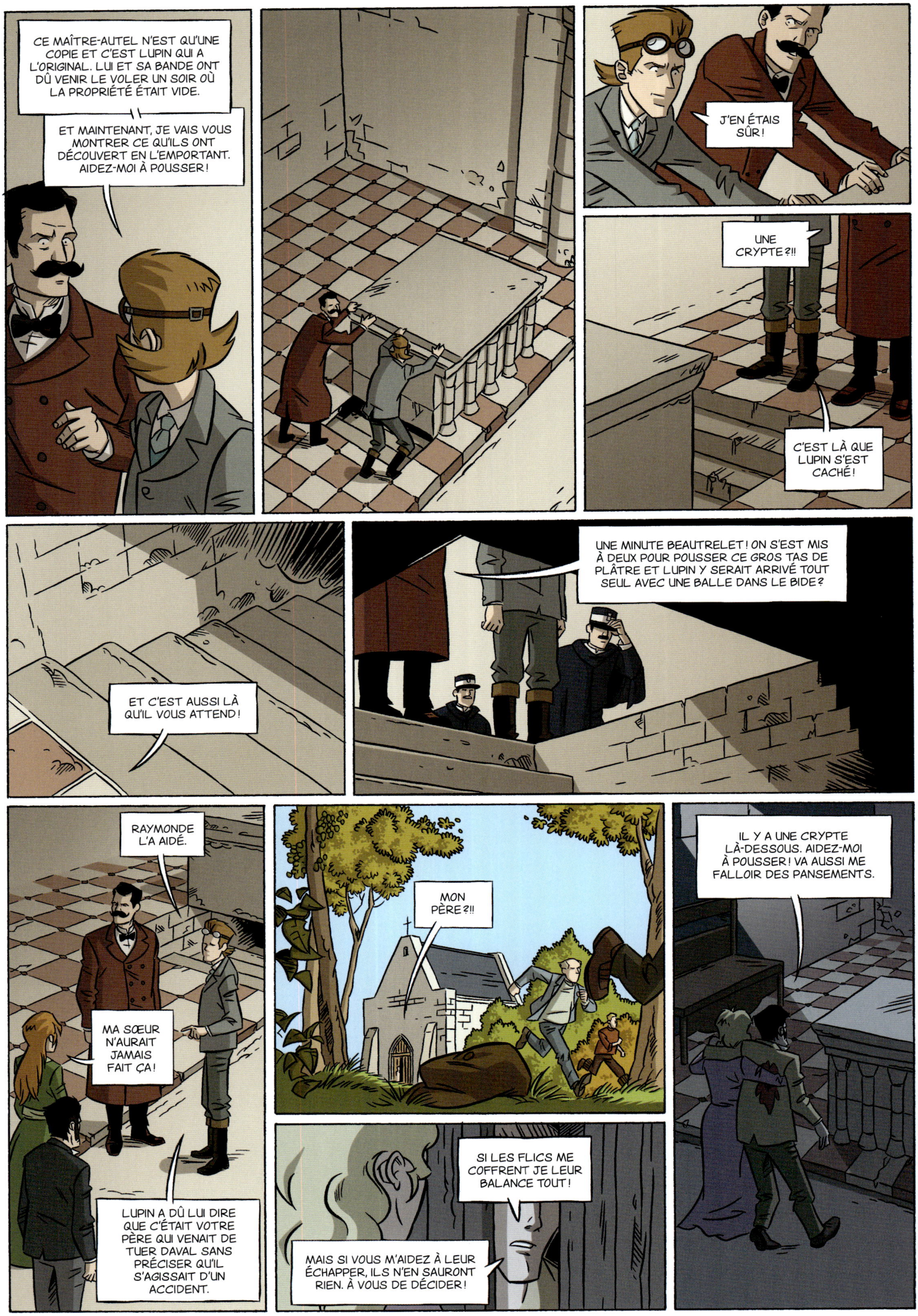

CE MAÎTRE-AUTEL N'EST QU'UNE COPIE ET C'EST LUPIN QUI A L'ORIGINAL. LUI ET SA BANDE ONT DÛ VENIR LE VOLER UN SOIR OÙ LA PROPRIÉTÉ ÉTAIT VIDE.
ET MAINTENANT, JE VAIS VOUS MONTRER CE QU'ILS ONT DÉCOUVERT EN L'EMPORTANT. AIDEZ-MOI À POUSSER !
J'EN ÉTAIS SÛR !
UNE CRYPTE ?!!
C'EST LÀ QUE LUPIN S'EST CACHÉ !
ET C'EST AUSSI LÀ QU'IL VOUS ATTEND !
UNE MINUTE BEAUTRELET ! ON S'EST MIS À DEUX POUR POUSSER CE GROS TAS DE PLÂTRE ET LUPIN Y SERAIT ARRIVÉ TOUT SEUL AVEC UNE BALLE DANS LE BIDE ?
RAYMONDE L'A AIDÉ.
MA SŒUR N'AURAIT JAMAIS FAIT ÇA !
LUPIN A DÛ LUI DIRE QUE C'ÉTAIT VOTRE PÈRE QUI VENAIT DE TUER DAVAL SANS PRÉCISER QU'IL S'AGISSAIT D'UN ACCIDENT.
MON PÈRE ?!!
SI LES FLICS ME COFFRENT JE LEUR BALANCE TOUT !
MAIS SI VOUS M'AIDEZ À LEUR ÉCHAPPER, ILS N'EN SAURONT RIEN. À VOUS DE DÉCIDER !
IL Y A UNE CRYPTE LÀ-DESSOUS. AIDEZ-MOI À POUSSER ! VA AUSSI ME FALLOIR DES PANSEMENTS.

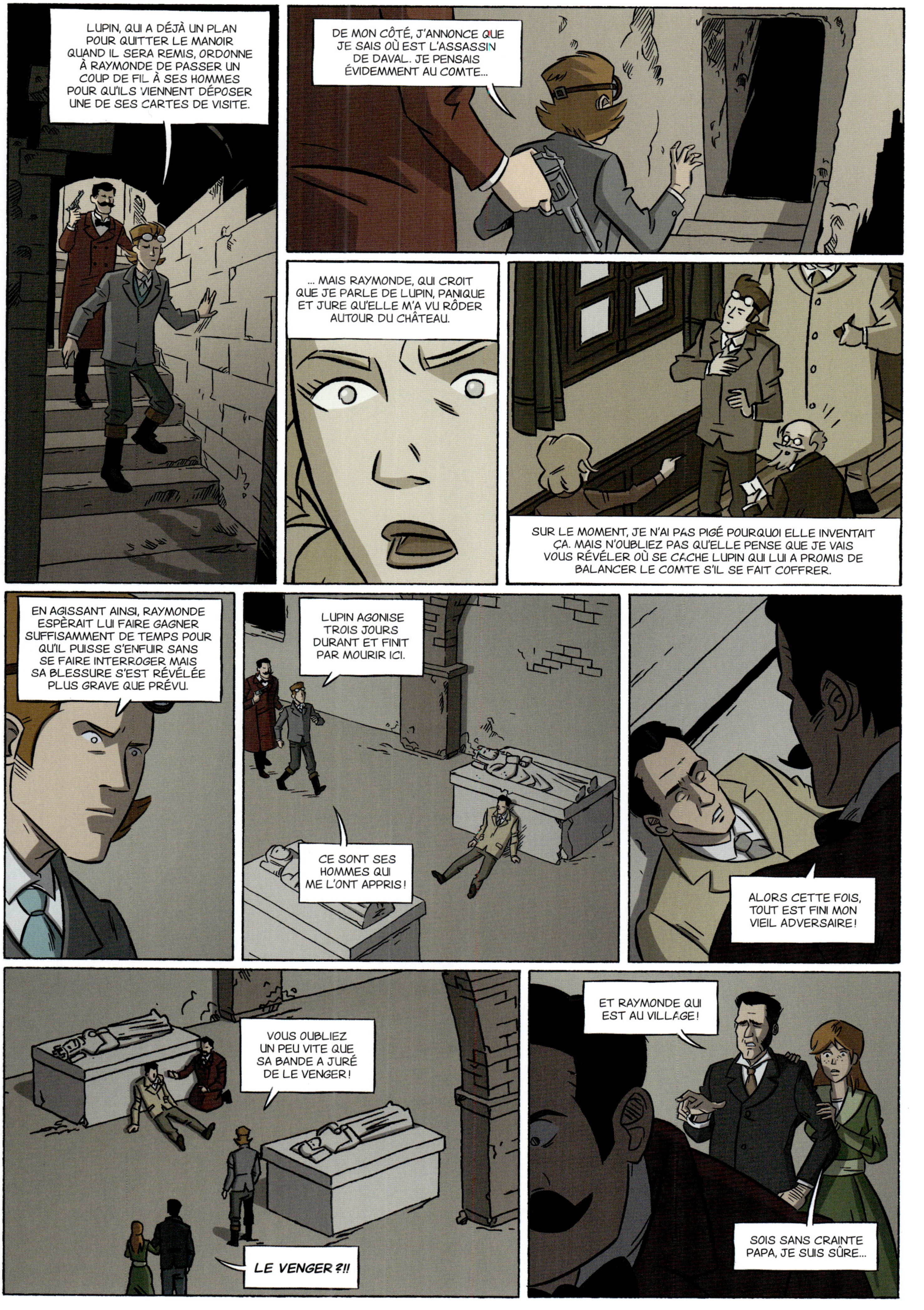
LUPIN, QUI A DÉJÀ UN PLAN POUR QUITTER LE MANOIR QUAND IL SERA REMIS, ORDONNE À RAYMONDE DE PASSER UN COUP DE FIL À SES HOMMES POUR QU'ILS VIENNENT DÉPOSER UNE DE SES CARTES DE VISITE.
DE MON CÔTÉ, J'ANNONCE QUE JE SAIS OÙ EST L'ASSASSIN DE DAVAL. JE PENSAIS ÉVIDEMMENT AU COMTE...
... MAIS RAYMONDE, QUI CROIT QUE JE PARLE DE LUPIN, PANIQUE ET JURE QU'ELLE M'A VU RÔDER AUTOUR DU CHÂTEAU.
SUR LE MOMENT, JE N'AI PAS PIGÉ POURQUOI ELLE INVENTAIT ÇA. MAIS N'OUBLIEZ PAS QU'ELLE PENSE QUE JE VAIS VOUS RÉVÉLER OÙ SE CACHE LUPIN QUI LUI A PROMIS DE BALANCER LE COMTE S'IL SE FAIT COFFRER.
EN AGISSANT AINSI, RAYMONDE ESPÉRAIT LUI FAIRE GAGNER SUFFISAMMENT DE TEMPS POUR QU'IL PUISSE S'ENFUIR SANS SE FAIRE INTERROGER MAIS SA BLESSURE S'EST RÉVÉLÉE PLUS GRAVE QUE PRÉVU.
LUPIN AGONISE TROIS JOURS DURANT ET FINIT PAR MOURIR ICI.
CE SONT SES HOMMES QUI ME L'ONT APPRIS !
ALORS CETTE FOIS, TOUT EST FINI MON VIEIL ADVERSAIRE !
VOUS OUBLIEZ UN PEU VITE QUE SA BANDE A JURÉ DE LE VENGER !
LE VENGER ?!!
ET RAYMONDE QUI EST AU VILLAGE !
SOIS SANS CRAINTE PAPA, JE SUIS SÛRE...

... QU'IL NE PEUT PLUS RIEN LUI ARRIVER.
MONTE !
HÉ REGARDEZ !
LUPIN A UN PAPELARD DANS SA POCHE !
QU'EST-CE QUE C'EST QUE CE CHARABIA ?
FAITES VOIR !
DEUX SEMAINES PLUS TARD...
LE PETIT PARISIEN
LUPIN MORT
ÉDITION SPÉCIALE !
DÉCOUVREZ LA TERRIBLE VENGEANCE...
DES HOMMES DE LUPIN !
?!!

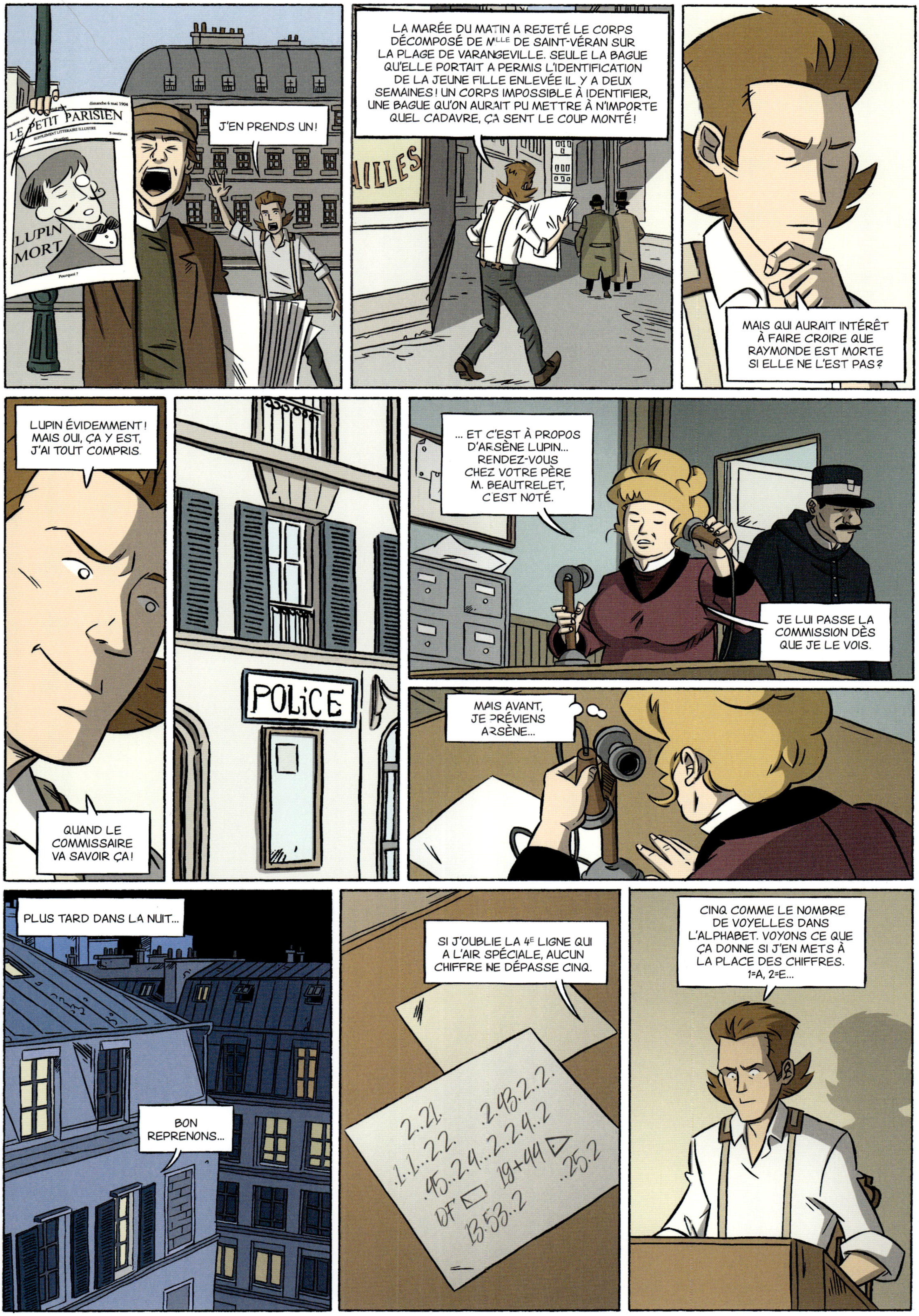
dimanche 6 mai 1904
LE PETIT PARISIEN
SUPPLÉMENT LITTÉRAIRE ILLUSTRÉ
LUPIN MORT
J'EN PRENDS UN !
LA MARÉE DU MATIN A REJETÉ LE CORPS DÉCOMPOSÉ DE Mlle DE SAINT-VÉRAN SUR LA PLAGE DE VARANGEVILLE. SEULE LA BAGUE QU'ELLE PORTAIT A PERMIS L'IDENTIFICATION DE LA JEUNE FILLE ENLEVÉE IL Y A DEUX SEMAINES ! UN CORPS IMPOSSIBLE À IDENTIFIER, UNE BAGUE QU'ON AURAIT PU METTRE À N'IMPORTE QUEL CADAVRE, ÇA SENT LE COUP MONTÉ !
MAIS QUI AURAIT INTÉRÊT À FAIRE CROIRE QUE RAYMONDE EST MORTE SI ELLE NE L'EST PAS ?
LUPIN ÉVIDEMMENT ! MAIS OUI, ÇA Y EST, J'AI TOUT COMPRIS.
QUAND LE COMMISSAIRE VA SAVOIR ÇA !
POLICE
... ET C'EST À PROPOS D'ARSÈNE LUPIN... RENDEZ-VOUS CHEZ VOTRE PÈRE M. BEAUTRELET, C'EST NOTÉ.
JE LUI PASSE LA COMMISSION DÈS QUE JE LE VOIS.
MAIS AVANT, JE PRÉVIENS ARSÈNE...
PLUS TARD DANS LA NUIT...
BON REPRENONS...
SI J'OUBLIE LA 4e LIGNE QUI A L'AIR SPÉCIALE, AUCUN CHIFFRE NE DÉPASSE CINQ.
2.1.1. .2.43.2.2.
.1.1..2.2.
.45..2.4..2.2.4.2
DF 19+44
..25.2
13.53..2
CINQ COMME LE NOMBRE DE VOYELLES DANS L'ALPHABET. VOYONS CE QUE ÇA DONNE SI J'EN METS À LA PLACE DES CHIFFRES. 1=A, 2=E...

ET MAINTENANT, ESSAYONS DE METTRE DES CONSONNES À LA PLACE DES POINTS.
LÀ ÇA NE DONNE RIEN, LÀ NON PLUS... LÀ ON DIRAIT QUE JE PEUX FAIRE UN MOT !
DEMOISELLES
DEMOISELLES. COMME LES FILLES DU COMTE !
VOYONS VOIR SI JE PEUX TROUVER UN AUTRE MOT !
LÀ, C'EST PAS POSSIBLE, LÀ NON PLUS...
LÀ, ON PEUT FAIRE AIGUILLE ET POUR LE DERNIER GROUPE DE LETTRES, IL Y A QUATRE POSSIBILITÉS !
SEUL CREUSE A UN PEU DE SENS !
19+44
DF
aiguille
Fleure
Creuse
Preuse
Pleure
LES FILLES DU COMTE, UNE AIGUILLE CREUSE. QU'EST-CE QUE ÇA VEUT BIEN POUVOIR DIRE ?
TOC TOC TOC
ÇA DOIT ÊTRE LE COMMISSAIRE GANIMARD !
VOUS ?
NE FAIS PAS LE SURPRIS ISIDORE CAR TU SAIS PARFAITEMENT QUE LE CORPS QUE TU AS DÉCOUVERT DANS LA CRYPTE N'ÉTAIT PAS LE MIEN !

JE L'AI COMPRIS EN LISANT LE JOURNAL D'AUJOURD'HUI.
AVEC SHOLMES ET GANIMARD, JE JOUE COMME AVEC DES ENFANTS MAIS TOI, TU ES DIFFÉRENT, VRAIMENT INTELLIGENT.
SACHE QUE J'AI QUITTÉ LA CRYPTE AU BOUT DE DEUX JOURS. MES HOMMES Y ONT ENSUITE DÉPOSÉ UN MACCHABÉE VOLÉ À LA MORGUE ET COMME PERSONNE NE CONNAÎT MON VISAGE, GANIMARD A PU PARADER EN ANNONÇANT MA MORT.
TU IMAGINES LUPIN MOURIR D'UNE BALLE TIRÉE DANS LE DOS? ÇA AURAIT ÉTÉ D'UN VULGAIRE!
DITES, IL Y A UN TRUC QUE JE NE COMPRENDS PAS? VOUS VIVANT, VOS HOMMES N'AVAIENT AUCUNE RAISON DE VOULOIR TUER Mlle DE SAINT-VÉRAN. POURQUOI L'ONT-ILS ENLEVÉE ALORS?
PARCE QUE LES DEUX JOURS OÙ ELLE M'A SOIGNÉ ET NOURRI DANS LA CRYPTE M'ONT PERMIS DE RESPIRER SA GRÂCE ET SA BEAUTÉ.
JE DÉSIRE DÉSORMAIS SA PRÉSENCE À TOUT INSTANT MAIS MALHEUREUSEMENT...
... CE N'EST PAS RÉCIPROQUE!
J'AI DONC DÉCIDÉ DE LA FAIRE ENLEVER, POUR AVOIR LE TEMPS DE CONQUÉRIR SON AFFECTION.
ET CE TEMPS-LÀ, JE NE L'AURAI PAS SI ON ME TRAQUE...!
C'EST POURQUOI JE TE DEMANDE DE NE PAS RÉVÉLER QUE JE SUIS VIVANT AVANT QUE J'AI RÉUSSI À VOLER LE CŒUR DE RAYMONDE!
ET SI JE REFUSE DE VOUS OBÉIR?
REGARDE QUI EST DANS LA VOITURE GARÉE EN BAS.
OH NON...
...PAPA!

FAIS CE QUE JE TE DIS ET JE LE LIBÉRERAI DÈS QUE RAYMONDE SERA MIENNE.
ET SI ELLE NE VOUS DIT JAMAIS OUI ?
CELA ME PRENDRA PEUT-ÊTRE DES ANNÉES MAIS J'Y ARRIVERAI !
SUR CE...
... AH JE VOIS QUE TU AS RÉCUPÉRÉ LE CODE QUE J'AVAIS LAISSÉ À TON ATTENTION DANS LA CRYPTE !
SACHE QU'IL CACHE LE PLUS GRAND SECRET DES ROIS DE FRANCE MAIS AUSSI L'ENDROIT OÙ JE VAIS CONDUIRE TON PÈRE.
VOUS M'INTERDISEZ DE RÉVÉLER QUE VOUS ÊTES VIVANT ET EN MÊME TEMPS...
... VOUS M'OFFREZ LE MOYEN DE LIBÉRER CELUI QUI M'EMPÊCHE DE PARLER ? ÇA N'A AUCUN SENS !
SAUF SI JE VEUX TE MONTRER QUE TON INTELLIGENCE N'EST RIEN COMPARÉE À MON GÉNIE.
MOI, IL M'A SEULEMENT FALLU DIX JOURS POUR COMPRENDRE LE CODE SUR LEQUEL TU T'ACHARNES ET TOI, TU Y SERAS ENCORE DANS DIX ANS !
HA
HA
HA !

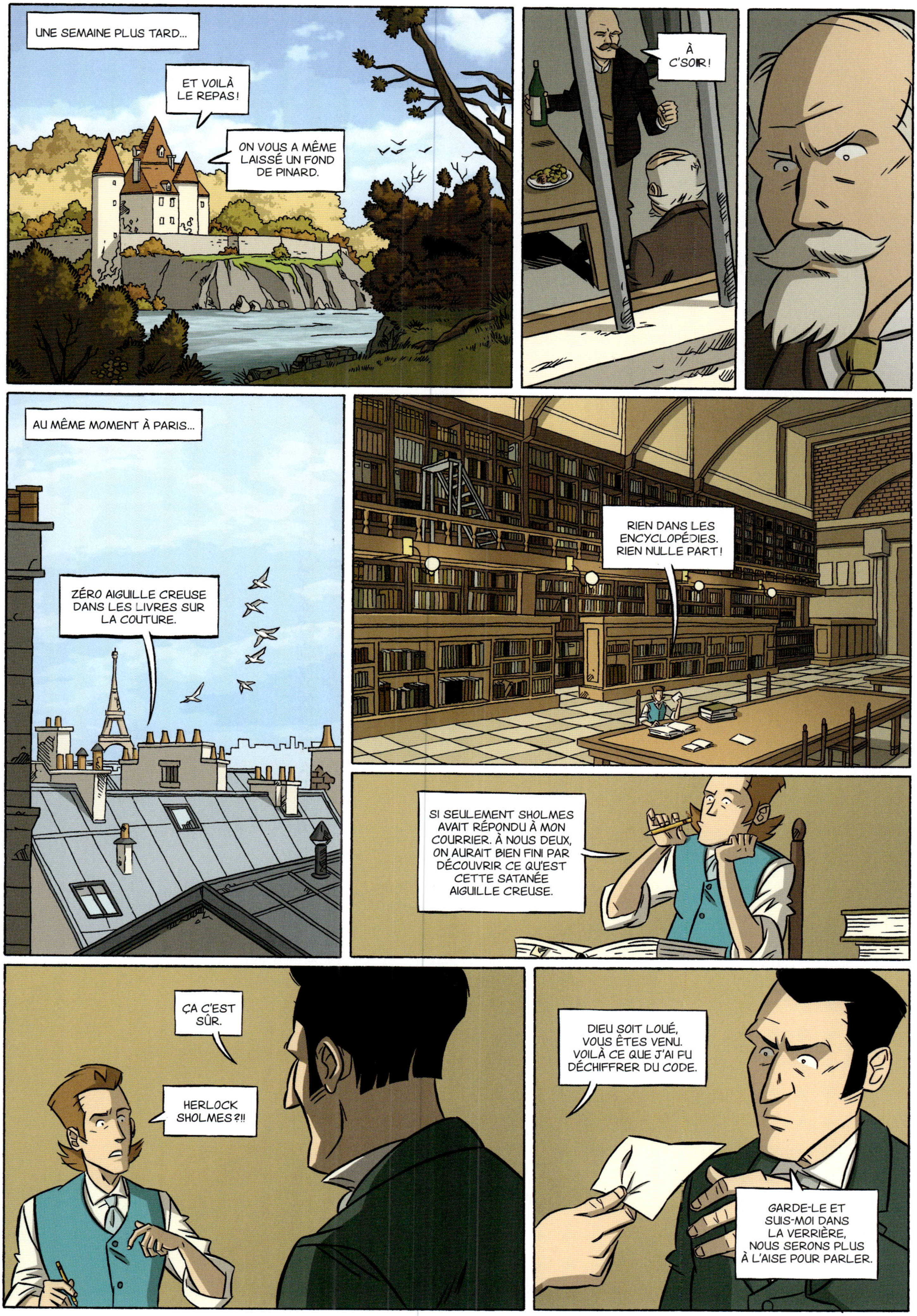
UNE SEMAINE PLUS TARD...
ET VOILÀ LE REPAS !
ON VOUS A MÊME LAISSÉ UN FOND DE PINARD.
À C'SOIR !
AU MÊME MOMENT À PARIS...
ZÉRO AIGUILLE CREUSE DANS LES LIVRES SUR LA COUTURE.
RIEN DANS LES ENCYCLOPÉDIES. RIEN NULLE PART !
SI SEULEMENT SHOLMES AVAIT RÉPONDU À MON COURRIER. À NOUS DEUX, ON AURAIT BIEN FINI PAR DÉCOUVRIR CE QU'EST CETTE SATANÉE AIGUILLE CREUSE.
ÇA C'EST SÛR.
HERLOCK SHOLMES ?!!
DIEU SOIT LOUÉ, VOUS ÊTES VENU. VOILÀ CE QUE J'AI PU DÉCHIFFRER DU CODE.
GARDE-LE ET SUIS-MOI DANS LA VERRIÈRE, NOUS SERONS PLUS À L'AISE POUR PARLER.

BON ÉCOUTE-MOI BIEN MAINTENANT. SI LUPIN T'A LAISSÉ UN TEXTE CODÉ, CE N'EST PAS POUR TE DÉFIER MAIS POUR TE MANIPULER OU PIRE ENCORE, T'HUMILIER. CROIS-MOI, JE SAIS DE QUOI JE PARLE.
JE NE SUIS DONC PAS VENU ICI POUR T'AIDER À COMPRENDRE CE QU'EST L'AIGUILLE CREUSE...
... MAIS POUR QUE TU STOPPES IMMÉDIATEMENT TOUTES TES RECHERCHES SUR LUPIN. JE SAIS PEUT-ÊTRE OÙ LE COINCER ET JE REFUSE DE PRENDRE LE RISQUE QUE TES INVESTIGATIONS NE L'ALERTENT SUR LES MIENNES.
C'EST QUOI VOTRE PISTE?
TU N'AS PARLÉ DE TES RECHERCHES À PERSONNE CAR TU SAIS QUE LUPIN À DES OREILLES PARTOUT. EH BIEN MOI AUSSI, J'AI DÉCIDÉ D'AGIR SEUL.
MÊME MON FIDÈLE WATSON NE SAIT RIEN DE MON PLAN.
MAIS UNE CHOSE EST SÛRE, SI JE CROISE LUPIN, NOTRE AFFRONTEMENT SERA TERRIBLE!
LAISSEZ-MOI VOUS AIDER, JE VOUS EN PRIE, IL DÉTIENT MON PÉRE.
JE TE LE RAMÈNERAI QUAND LUPIN SERA MORT!

LE SOIR MÊME...
ALORS COMME ÇA, ON PROFITE D'UN BON CRU POUR ENVOYER UN APPEL À L'AIDE ?
VOUS DEVREZ DONC ENCORE PROFITER DE CE BEAU CHÂTEAU CONSTRUIT PAR LOUIS XIV POUR Y CACHER LE TRÉSOR DES ROIS DE FRANCE !
UN TRÉSOR ?
MAIS MALHEUREUSEMENT POUR VOUS, LA RIVIÈRE MÈNE DIRECTEMENT SUR UNE SÉRIE DE RAPIDES REMPLIS DE ROCHERS.
IL N'Y A AUCUNE CHANCE POUR QUE VOTRE BOUTEILLE PASSE À TRAVERS SANS S'Y BRISER.
ET COMMENT L'AVEZ-VOUS SU ?
LE MOIS DERNIER, J'AI DÉCOUVERT UN ÉTRANGE PARCHEMIN CODÉ AU COURS D'UN CAMBRIOLAGE.
LE LENDEMAIN, J'Y TRADUISAIS LES MOTS AIGUILLE CREUSE ET UNE SEMAINE PLUS TARD, JE DÉCOUVRAIS L'EXISTENCE DE CE CHÂTEAU.
DEPUIS, JE LE FOUILLE PIERRE PAR PIERRE AFIN D'OFFRIR LE TRÉSOR DES ROIS DE FRANCE À RAYMONDE COMME PREUVE DE MON AMOUR !

TROIS JOURS PLUS TARD...
EXCUSEZ-MOI...
... VOUS ÊTES BIEN ISIDORE BEAUTRELET, LE JEUNE HOMME QUI A FAIT LA UNE DE TOUS LES JOURNAUX POUR AVOIR DÉCOUVERT LE CADAVRE D'ARSÈNE LUPIN?
OUI.
ALORS, CE MESSAGE EST POUR VOUS. IL ÉTAIT DANS UNE BOUTEILLE.
Qui que vous
venez mon fils
Isidore
dant 13 rue
Mouffetard à Paris) que son père
est enfermé dans le château bordant
la rivière où vous avez trouvé
ce message.
PAPA?!!
DANS QUELLE RIVIÈRE L'AVEZ-VOUS TROUVÉ?
LA CREUSE, MAIS IL A PU DÉRIVER LONGTEMPS!
VITE UNE CARTE!
LA CREUSE?!!
MAIS COMMENT AI-JE PU ÊTRE AUSSI BÊTE?!

AU FAIT, JE ME PRÉSENTE, LOUIS VALMÉRAS.
Éguzon-Chantôme
La Creuse
Crozant
MON PÈRE EST ICI !
Creuse
Indre
Château de l'Aiguille
Crozant
MON PÈRE ET RAYMONDE...
IL FAUT PRÉVENIR LA POLICE !
SURTOUT PAS CAR JE SUIS SÛR QUE LUPIN Y A DES OREILLES !
LUPIN ?!!
MAIS JE CROYAIS QU'IL ÉTAIT MORT.
N'EN DITES RIEN À PERSONNE CAR LA VIE DE MON PÈRE EN DÉPEND !
ET VOUS COMPTEZ FAIRE QUOI ?
LE LIBÉRER BIEN SÛR !
LE HASARD FAIT BIEN LES CHOSES ISIDORE CAR LE PROPRIÉTAIRE DU CHÂTEAU DE L'AIGUILLE N'EST AUTRE QUE FORTUNÉ BONNAR, L'UN DE MES BONS AMIS. IL A DÛ LOUER SON BIEN À LUPIN SANS LE SAVOIR.
FORTUNÉ DOIT AVOIR LE DOUBLE DE TOUTES LES CLEFS !

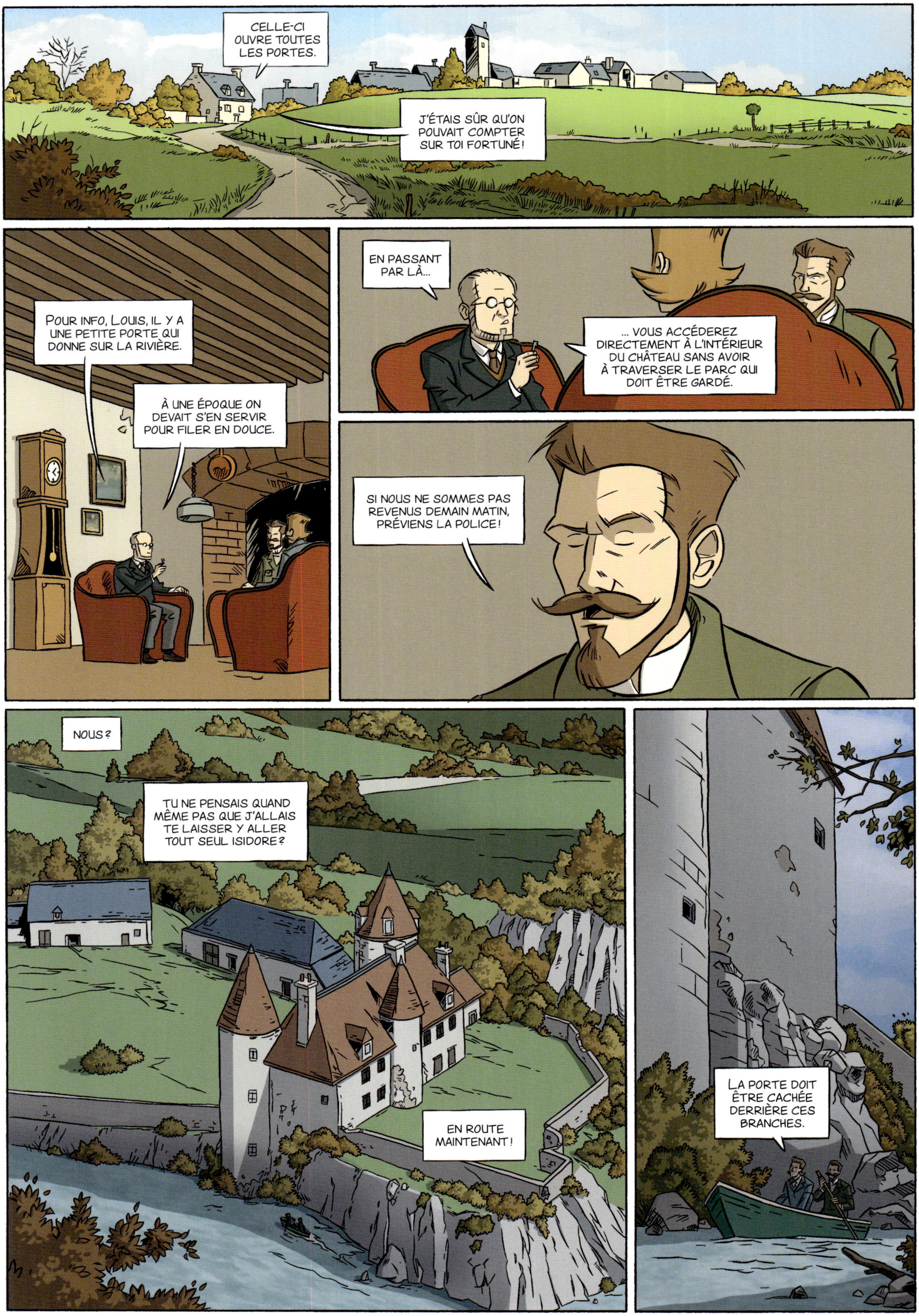
CELLE-CI OUVRE TOUTES LES PORTES.
J'ÉTAIS SÛR QU'ON POUVAIT COMPTER SUR TOI FORTUNÉ !
POUR INFO, LOUIS, IL Y A UNE PETITE PORTE QUI DONNE SUR LA RIVIÈRE.
À UNE ÉPOQUE ON DEVAIT S'EN SERVIR POUR FILER EN DOUCE.
EN PASSANT PAR LÀ...
... VOUS ACCÉDEREZ DIRECTEMENT À L'INTÉRIEUR DU CHÂTEAU SANS AVOIR À TRAVERSER LE PARC QUI DOIT ÊTRE GARDÉ.
SI NOUS NE SOMMES PAS REVENUS DEMAIN MATIN, PRÉVIENS LA POLICE !
NOUS ?
TU NE PENSAIS QUAND MÊME PAS QUE J'ALLAIS TE LAISSER Y ALLER TOUT SEUL ISIDORE ?
EN ROUTE MAINTENANT !
LA PORTE DOIT ÊTRE CACHÉE DERRIÈRE CES BRANCHES.

LA VOILÀ ! DONNE-MOI LA CLEF, LOUIS.
LA SEULE FENÊTRE D'OÙ TON PÈRE A PU JETER SA BOUTEILLE EST CELLE DE LA TOUR QUI DONNE SUR LA RIVIÈRE !
ALLONS-Y !
UN GARDE !
T'INQUIÈTE, J'AVAIS PRÉVU LE COUP !
POK

ET VOILÀ DIX ANS DE COURS DE SAVATE RÉSUMÉS EN UN SEUL COUP DE PIED !
PAF
C'EST BON, IL EST SONNÉ !
OCCUPE-TOI DE TON PÈRE MAINTENANT.
PAPA, C'EST MOI ISIDORE, LÈVE-TOI, NOUS PARTONS.
ISIDORE... MAIS ALORS TU AS REÇU MON MESSAGE ?
VITE !
SAIS-TU SI MLLE DE SAINT-VÉRAN EST ICI ?
SA CHAMBRE EST AU FOND DU COULOIR.
LÀ-BAS !
FILE LA CHERCHER ISIDORE, MOI JE RESTE ICI AU CAS OÙ !

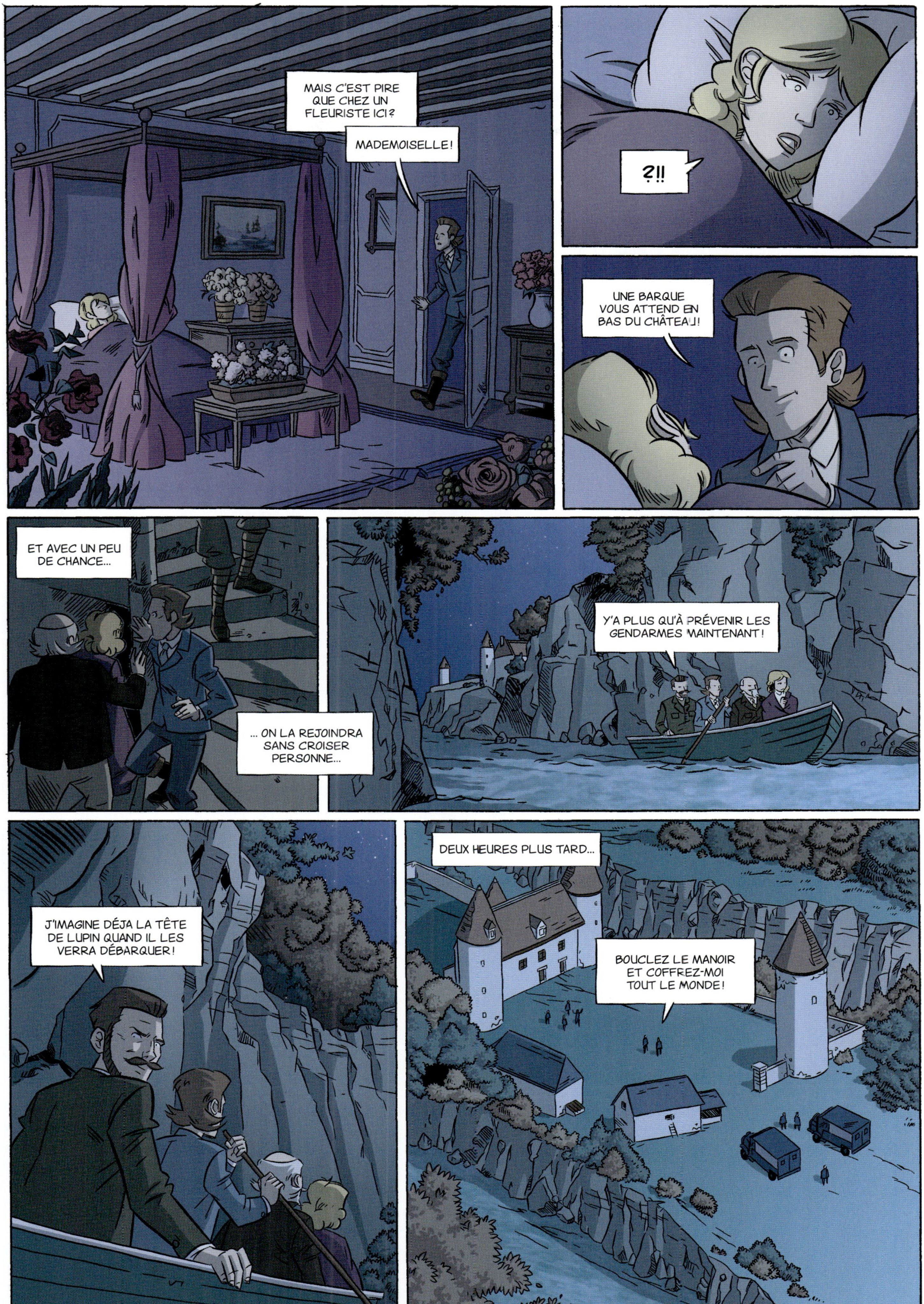
MAIS C'EST PIRE QUE CHEZ UN FLEURISTE ICI ?
MADEMOISELLE !
?!!
UNE BARQUE VOUS ATTEND EN BAS DU CHÂTEAU !
ET AVEC UN PEU DE CHANCE...
... ON LA REJOINDRA SANS CROISER PERSONNE...
Y'A PLUS QU'À PRÉVENIR LES GENDARMES MAINTENANT !
J'IMAGINE DÉJA LA TÊTE DE LUPIN QUAND IL LES VERRA DÉBARQUER !
DEUX HEURES PLUS TARD...
BOUCLEZ LE MANOIR ET COFFREZ-MOI TOUT LE MONDE !

ET AU PETIT MATIN...
C'ÉTAIT LE COMMISSAIRE, LE MANOIR ÉTAIT VIDE QUAND SES HOMMES Y ONT PÉNÉTRÉ.
LUPIN A DÛ DÉCOUVRIR NOTRE ÉVASION AVANT LEUR ARRIVÉE.
ET COMME IL SAVAIT QUE NOUS IRIONS DIRECTEMENT À LA POLICE, IL A PRÉFÉRÉ FILER !
DOMMAGE MAIS LE PLUS IMPORTANT C'EST QUE VOUS SOYEZ SAINS ET SAUFS.
ET QU'A DIT LE COMMISSAIRE À PROPOS DU TRÉSOR QUE CHERCHAIT LUPIN ?
UNE BRIGADE FOUILLE LE CHÂTEAU PIERRE PAR PIERRE MAIS POUR L'INSTANT Y'A RIEN !
JE VAIS LE DIRE À LOUIS.
JE L'AI VU DESCENDRE DANS LE JARDIN AVEC RAYMONDE MAIS JE NE SUIS PAS SÛR QU'IL AIT ENVIE D'ÊTRE DÉRANGÉ SI TU VOIS CE QUE JE VEUX DIRE.
QUANT À NOUS FISTON, VA FALLOIR QU'ON RENTRE PARCE QUE JE TE RAPPELLE QUE DEMAIN...
... TU PASSES TON BAC !
ET VOILÀ, C'EST BOUCLÉ !
REGARDE ISIDORE, ON PARLE ENCORE DE TOI DANS LE JOURNAL !
ISIDORE BEAUTRELET RÉSOUT LE MYSTÈRE DE L'AIGUILLE CREUSE ET DÉLIVRE MLLE DE SAINT-VÉRAN.
LUPIN HUMILIÉ !
LE PETIT PARISIEN
LUPIN HUMILIÉ

EXCUSEZ-MOI JEUNE HOMME !
VOUS DÉSIREZ ?
J'AIMERAIS VOUS ENTRETENIR D'UNE ÉTRANGE HISTOIRE QUI TRAÎNE DANS LES ARCHIVES DE LA COMMUNE OÙ JE SUIS MAIRE.
EN 1815, UN VOYAGEUR FUT TROUVÉ MOURANT AUX ABORDS DE MON VILLAGE. SES DERNIÈRES FORCES FURENT POUR RÉCLAMER UN PRÊTRE.
PAR TOUS LES SAINTS !
DES BRIGANDS SÛREMENT !
DIEU VOUS ÉCOUTE MON FILS.
LE... LE PARCHEMIN...
DANS MON SAC... DONNEZ-LE À LA REINE... DI... DITES-LUI QU'IL LUI INDIQUERA COMMENT REJOINDRE LA CACHE DE CÉSAR QUI EST DANS L'AIGUILLE CREUSE. ELLE COMPRENDRA...
MAIS MARIE-ANTOINETTE EST MORTE DEPUIS PLUS DE 15 ANS !
LE PAUVRE, IL DÉLIRE...
C'EST FINI. DIEU AIT SON ÂME.
IL A PARLÉ D'UN PARCHEMIN DANS SON SAC, MAIS Y A AUCUN BAGAGE.
SES ASSASSINS ONT DÛ LE LUI VOLER.
C'EST APRÈS AVOIR LU VOTRE AVENTURE DANS LE JOURNAL QUE JE ME SUIS DÉCIDÉ À VENIR VOUS RACONTER COMMENT, MOI AUSSI, J'AVAIS ENTENDU PARLER DE L'AIGUILLE CREUSE.
PARCE QU'EN Y RÉFLÉCHISSANT BIEN, Y A UN TRUC QUI COLLE PAS.
J'AI BEAU CHERCHER, MAIS JE NE VOIS PAS COMMENT UNE CACHETTE CHOISIE PAR CÉSAR PEUT SE TROUVER DANS UN CHÂTEAU CONSTRUIT PAR LOUIS XIV.

ET SI LE ROI AVAIT TOUT SIMPLEMENT FAIT CONSTRUIRE LE CHÂTEAU DE L'AGUILLE POUR INDUIRE EN ERREUR TOUS CEUX QUI ENTENDRAIENT PARLER D'UN TRÉSOR ROYAL CACHÉ DANS UNE AIGUILLE CREUSE.
IL LES ENVOIE AU MAUVAIS ENDROIT CHERCHER EN VAIN QUELQUE CHOSE QUI N'Y EST PAS ! MALIN LE ROI !
NON SEULEMENT LUPIN S'EST FAIT AVOIR COMME UN BLEU, MAIS EN PLUS ÇA ME DONNE L'OCCASION DE LUI RABATTRE SON CAQUET.
SI J'ARRIVE À TROUVER LA VRAIE CACHETTE DU TRÉSOR, IL SERA OBLIGÉ D'ADMETTRE QUE JE LE VAUX !
FAUDRAIT DÉJÀ QUE T'AIES UNE PISTE !
J'EN AI PEUT-ÊTRE UNE MOI. L'HOMME DONT JE VOUS AI CONTÉ L'HISTOIRE AVAIT SON NOM BRODÉ SUR SA CHEMISE. C'ÉTAIT LE GEÔLIER DE LOUIS XVI À LA PRISON DU TEMPLE !
LE GEÔLIER ?!! JE CROIS QUE JE COMMENCE À Y VOIR UN PEU PLUS CLAIR. ÉCOUTEZ !
LOUIS XVI A UN SECRET À TRANSMETTRE À SON ÉPOUSE. IL LE CODE PUIS LE CONFIE À SON GARDIEN.
LA REINE AURA VOTRE MESSAGE SIRE. JE LE JURE SUR MA VIE.
MAIS L'HOMME QUI IMAGINE RAPIDEMENT QUE LE PARCHEMIN CACHE PEUT-ÊTRE L'EMPLACEMENT D'UN TRÉSOR, DÉCIDE DE LE GARDER POUR LUI.
JE NE SAIS PAS S'IL A RÉUSSI À LE TRADUIRE MAIS UNE CHOSE EST SÛRE C'EST QU'AU MOMENT DE MOURIR, LA CRAINTE D'ÊTRE DAMNÉ POUR NE PAS AVOIR TENU SON SERMENT LE FAIT DÉLIRER !
C'EST BIEN BEAU ÇA, MAIS ÇA NE TE DIT PAS OÙ EST L'OR !

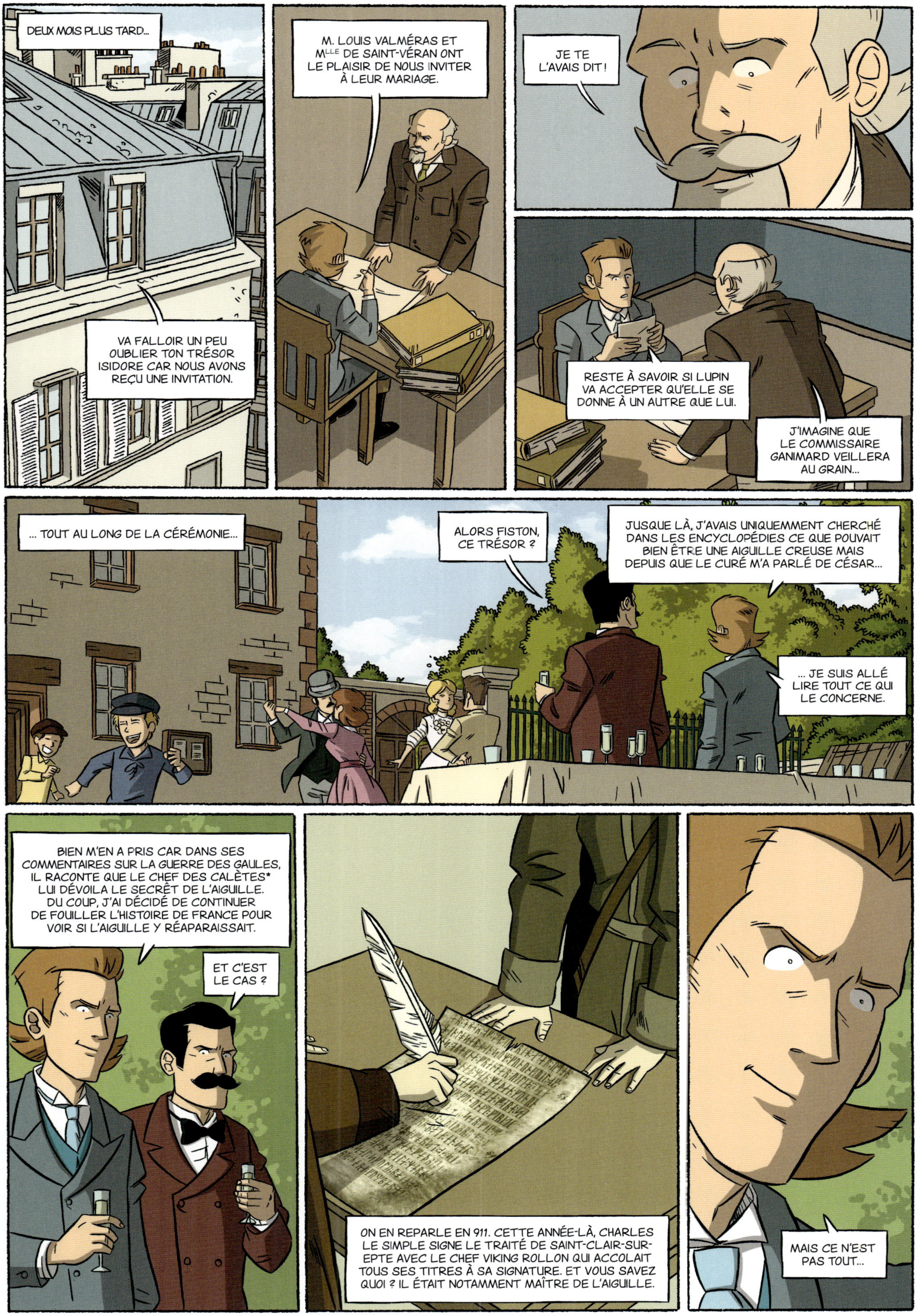

*NOM DES GAULOIS QUI DEMEURAIENT DANS L'ACTUEL PAYS DE CAUX EN NORMANDIE.

... CAR J'AI AUSSI DÉCOUVERT QUE L'ÉTENDARD DE GUILLAUME LE CONQUÉRANT SE TERMINAIT PAR UNE POINTE PERCÉE DE FENTES ÉVOQUANT UNE AIGUILLE. LES CALÈTES, ROLLON, GUILLAUME... RIEN QUE DES NORMANDS !
POUR MOI, C'EST SÛR, L'AIGUILLE CREUSE EST LIÉE À LA NORMANDIE, PEUT-ÊTRE UN ENDROIT ?
FAUDRAIT VOIR SUR UNE CARTE MICHELIN SI Y A PAS UN NOM DE BLED OU DE HAMEAU QUI RESSEMBLE À AIGUILLE CREUSE ?
J'AI DÉJÀ VÉRIFIÉ. Y A RIEN
VOULEZ-VOUS BIEN M'ACCORDER CETTE DANSE MADAME ?
MADAME ?!!
VA VRAIMENT FALLOIR QUE JE M'HABITUE À NE PLUS ME FAIRE APPELER MADEMOISELLE !
MADEMOISELLE...
QUOI MADEMOISELLE ?
RAPPELEZ-VOUS LES MOTS QUE J'AI RÉUSSI À DÉCODER SUR LE PARCHEMIN !
IL Y AVAIT AIGUILLE CREUSE !
ET DEMOISELLES QUE J'AI IMMÉDIATEMENT ASSOCIÉ AUX FILLES DU COMTE.
OUI ET ALORS ?
LOUIS XVI NE POUVAIT PAS PARLER D'ELLES PUISQU'IL A ÉCRIT SON MESSAGE CODÉ 110 ANS AVANT LEURS NAISSANCES !
ET SI C'ÉTAIT PAS AIGUILLE CREUSE MAIS DEMOISELLES QUI SERVAIT À TROUVER UN COIN DE NORMANDIE ?

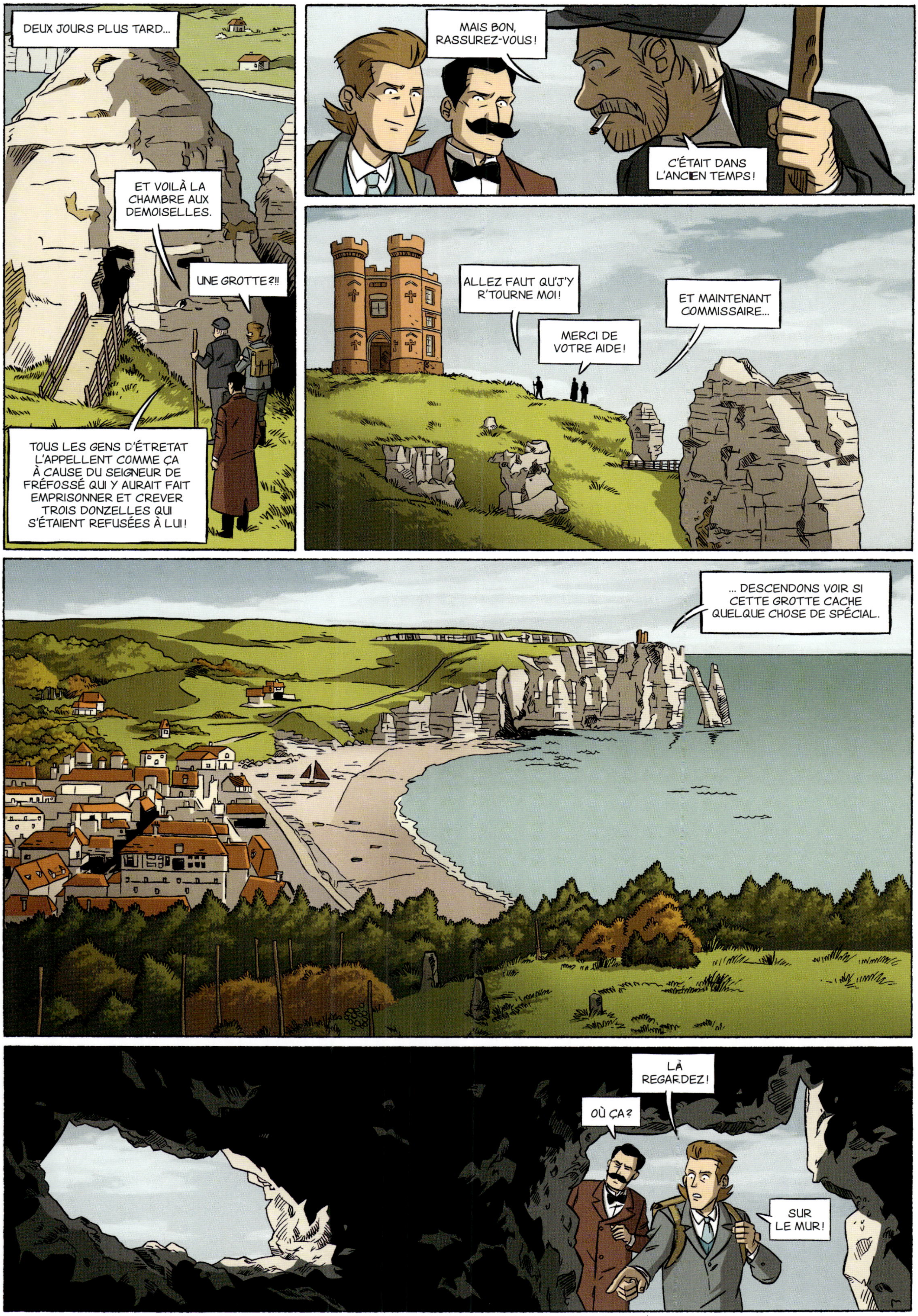
DEUX JOURS PLUS TARD...
ET VOILÀ LA CHAMBRE AUX DEMOISELLES.
UNE GROTTE?!!
TOUS LES GENS D'ÉTRETAT L'APPELLENT COMME ÇA À CAUSE DU SEIGNEUR DE FRÉFOSSÉ QUI Y AURAIT FAIT EMPRISONNER ET CREVER TROIS DONZELLES QUI S'ÉTAIENT REFUSÉES À LUI!
MAIS BON, RASSUREZ-VOUS!
C'ÉTAIT DANS L'ANCIEN TEMPS!
ALLEZ FAUT QU'J'Y R'TOURNE MOI!
MERCI DE VOTRE AIDE!
ET MAINTENANT COMMISSAIRE...
... DESCENDONS VOIR SI CETTE GROTTE CACHE QUELQUE CHOSE DE SPÉCIAL.
LÀ REGARDEZ!
OÙ ÇA?
SUR LE MUR!

D ET F, COMME SUR LE MESSAGE QUE M'A LAISSÉ LUPIN!
DF
ET REGARDEZ LE RECTANGLE QUI SUIT CES DEUX LETTRES!
IL A EXACTEMENT LA MÊME FORME QUE CETTE OUVERTURE. VOYONS SI ON Y VOIT QUELQUE CHOSE DE SPÉCIAL À TRAVERS.
ALORS?
ÇA DONNE SUR UN VIEUX MUR DE BRIQUE. GRIMPONS VOIR.
ON DIRAIT DES FONDATIONS.
PEUT-ÊTRE CELLES D'UN OPPIDUM, J'AI LU QUE LES ROMAINS EN AVAIENT CONSTRUIT UN PEU PARTOUT SUR LA CÔTE.
LES ROMAINS, CÉSAR... NOUS SOMMES SUR LA BONNE PISTE COMMISSAIRE.
QU'Y A-T-IL DE NOTÉ APRÈS LE RECTANGLE QUI REPRÉSENTAIT LA FENÊTRE DE LA GROTTE?
19.
C'EST PEUT ÊTRE UNE DISTANCE QUI PART DE LA CHAMBRE AUX DEMOISELLES. DESCENDONS CHERCHER DU FIL DE PÊCHE...
... ET MESURONS 19 MÈTRES.
J'Y SUIS ET ÇA N'ATTEINT MÊME PAS LE MUR.
MAIS J'Y PENSE...
... ON NE MESURAIT PAS EN MÈTRE SOUS LOUIS XVI MAIS EN TOISE! À VUE DE NEZ 19 TOISES ÇA DOIT DONNER DANS LES 34, 35 MÈTRES!
RAJOUTEZ-MOI 16 MÈTRES COMMISSAIRE!

CETTE FOIS, ÇA TOMBE SUR UNE BRIQUE RECOUVERTE DE LICHENS.
GRATTEZ !
IL Y A UNE CROIX QUI A L'AIR DE TOURNER !
?!!
BRRRRR...
LUPIN PEUT ALLER SE RHABILLER SUR CE COUP-LÀ !
HEUREUSEMENT QUE J'AI UNE LAMPE DANS MON SAC À DOS.
REGARDEZ IL Y A UNE PORTE !
QUI EST ÉVIDEMMENT FERMÉE. MAIS J'IMAGINE QUE LOUIS XVI A DÛ INDIQUER À MARIE-ANTOINETTE COMMENT PASSER. REGARDONS CE QU'IL A NOTÉ APRÈS LE 19 QUI M'A PERMIS DE TROUVER LE SOUTERRAIN.
E O
2.4...2
19F+44
CREUSE
..25.2
VOUS AVEZ VU COMMISSAIRE, LES PLAQUES DE FER QUI RENFORCENT LA PORTE ONT LA MÊME FORME QUE LE TRIANGLE DESSINÉ SUR LE CODE. LE POINT QUI EST AU MILIEU DOIT INDIQUER QU'IL FAUT APPUYER SUR L'UN DE CES CLOUS.
ÇA COÛTE RIEN D'ESSAYER !
PERDU !

CE 44 DOIT INDIQUER QUELQUE CHOSE À FAIRE AVANT DE S'OCCUPER DU CLOU.
OUI MAIS QUOI?
REPARTEZ D'EN HAUT ET ARRÊTEZ-VOUS SUR LA 44E MARCHE.
... 41, 42, 43...
ET 44, C'EST L'AVANT-DERNIÈRE.
CETTE FOIS Y EN A UNE QUI TOURNE!
POUSSE LA PORTE POUR VOIR SI ELLE S'OUVRE!
COMMISSAIRE...
... ÇA Y EST...
... JE SAIS CE QU'EST L'AIGUILLE CREUSE!

MAIS... MAIS C'EST IMPOSSIBLE ISIDORE. UN GROS CAILLOU COMME ÇA NE PEUT PAS ÊTRE VIDE!
CONTINUONS ET NOUS VERRONS BIEN!
EN TOUT CAS, MOI J'EMBAUCHERAIS PAS LE PLOMBIER QU'A BOSSÉ ICI!
C'EST PARCE QUE NOUS DEVONS ÊTRE SOUS LA MER!
ENCORE UNE PORTE!

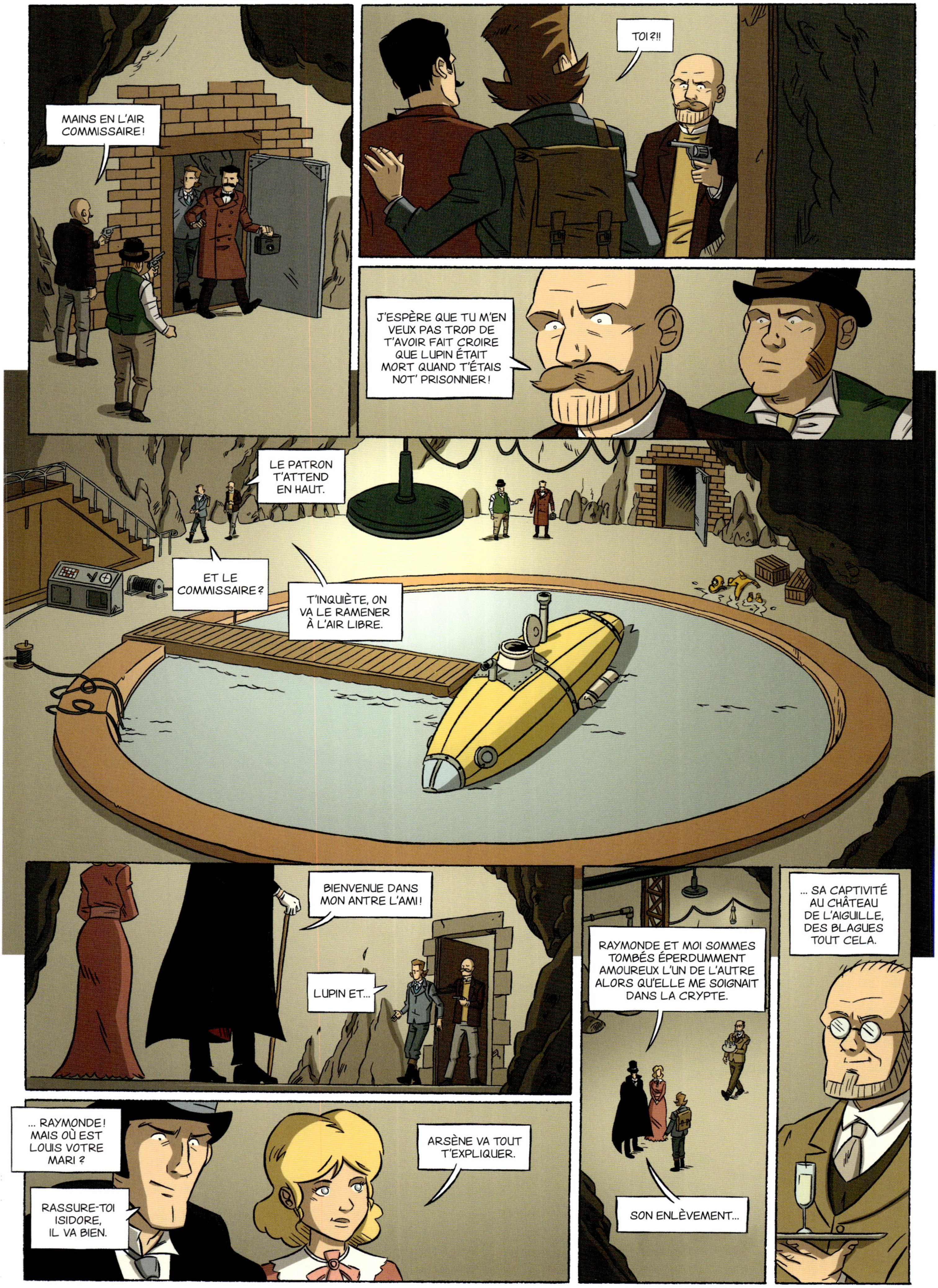
MAINS EN L'AIR COMMISSAIRE !
TOI ?!!
J'ESPÈRE QUE TU M'EN VEUX PAS TROP DE T'AVOIR FAIT CROIRE QUE LUPIN ÉTAIT MORT QUAND T'ÉTAIS NOT' PRISONNIER !
LE PATRON T'ATTEND EN HAUT.
ET LE COMMISSAIRE ?
T'INQUIÈTE, ON VA LE RAMENER À L'AIR LIBRE.
BIENVENUE DANS MON ANTRE L'AMI !
LUPIN ET...
... RAYMONDE ! MAIS OÙ EST LOUIS VOTRE MARI ?
RASSURE-TOI ISIDORE, IL VA BIEN.
ARSÈNE VA TOUT T'EXPLIQUER.
RAYMONDE ET MOI SOMMES TOMBÉS ÉPERDUMMENT AMOUREUX L'UN DE L'AUTRE ALORS QU'ELLE ME SOIGNAIT DANS LA CRYPTE.
SON ENLÈVEMENT...
... SA CAPTIVITÉ AU CHÂTEAU DE L'AIGUILLE, DES BLAGUES TOUT CELA.

PAREIL POUR LE MESSAGE QUE LOUIS VALMÉRAS T'A APPORTÉ. EN VÉRITÉ, C'EST MOI QUI L'AI ÉCRIT POUR T'INVITER À VENIR DÉLIVRER RAYMONDE QUAND ELLE ÉTAIT MA PRISONNIÈRE AU CHÂTEAU DE L'AIGUILLE. MAIS TU TE DEMANDES SÛREMENT POURQUOI TOUTES CES SIMAGRÉES?
J'ÉTAIS PRÊTE À TOUT QUITTER POUR SUIVRE ARSÈNE, À TOUT SAUF À VIVRE DANS LA PEUR DE LE PERDRE À CHAQUE INSTANT!
MAIS ÇA, C'EST UN LUXE QUE LUPIN NE PEUT PAS S'OFFRIR!
J'AI DONC JURÉ À RAYMONDE QUE JE CESSAIS À JAMAIS D'ÊTRE LUPIN POUR DEVENIR L'HONNÊTE GENTLEMAN FARMER DONT ELLE AVAIT TOUJOURS RÊVÉ. GRÂCE À UNE FAUSSE BARBE...
... ET À CETTE MOUSTACHE DE PACOTILLE, JE DEVIENS LOUIS VALMÉRAS, L'HOMME QUI T'APPORTE LA LETTRE DE TON PÈRE ET QUI DÉCIDE DE T'AIDER À DÉLIVRER RAYMONDE.
LOUIS LA SAUVE, RAYMONDE EN TOMBE AMOUREUSE ET NOUS CONVOLONS EN JOYEUSES NOCES SANS QUE NI TOI NI PERSONNE N'IMAGINE UNE SECONDE QUE LUPIN ET VALMÉRAS NE FONT QU'UN! BIEN JOUÉ NON?
IL NE ME RESTE PLUS MAINTENANT QU'À T'EXPLIQUER POURQUOI JE TE RACONTE TOUT CELA ET POURQUOI JE T'AI LAISSÉ ARRIVER JUSQU'À MON REPÈRE.
JOLI NON?
J'AI DÉCOUVERT LE SECRET DE L'AIGUILLE EN DÉCRYPTANT UN PARCHEMIN DÉCOUVERT AU HASARD D'UN CAMBRIOLAGE. C'ÉTAIT IL Y A ENVIRON 15 ANS!
REGARDE, TOUT EST LÀ!
DEMOISELLES
LEFORTDEFREFOSSÉ
19F+44
CREUSE

IL AVAIT ÉTÉ VOLÉ AU GEÔLIER DE LOUIS XVI PAR UNE BANDE DE BRIGANDS !
JE SAIS !
ETRETAT
2..2.1.
ÇA TE DIRAIT DE VOIR LEUR TRÉSOR ? VIENS, SUIS MOI...
ET C'EST COMME ÇA QUE S'EST PERDU LE SECRET QUE SE TRANSMETTAIENT LES ROIS DE FRANCE DE PÈRE EN FILS !
ADMIRE LA LISTE DES ANCIENS PROPRIÉTAIRES !
César
Charlemagne
Rollon
Guillaume le Conquérant
Richard Roi d'Angleterre
Louis XI
François 1er
Louis XIV
Louis XV
Louis XVI
Arsène Lupin
... C'EST TOUT EN HAUT.
NOUS Y VOILÀ !
J'Y ENTREPOSE TOUT CE QUE J'AI DÉROBÉ DE PLUS PRÉCIEUX.
LES DEUX RUBENS DU PÈRE DE RAYMONDE SONT À TA GAUCHE.
IL Y A AUSSI DES VELASQUEZ, DES GOYA...
MAIS C'EST...
CELLE DU LOUVRE N'EST QU'UNE COPIE MAIS ADMIRE PLUTÔT ÇA !
LE COFFRE-FORT DES ROIS DE FRANCE !

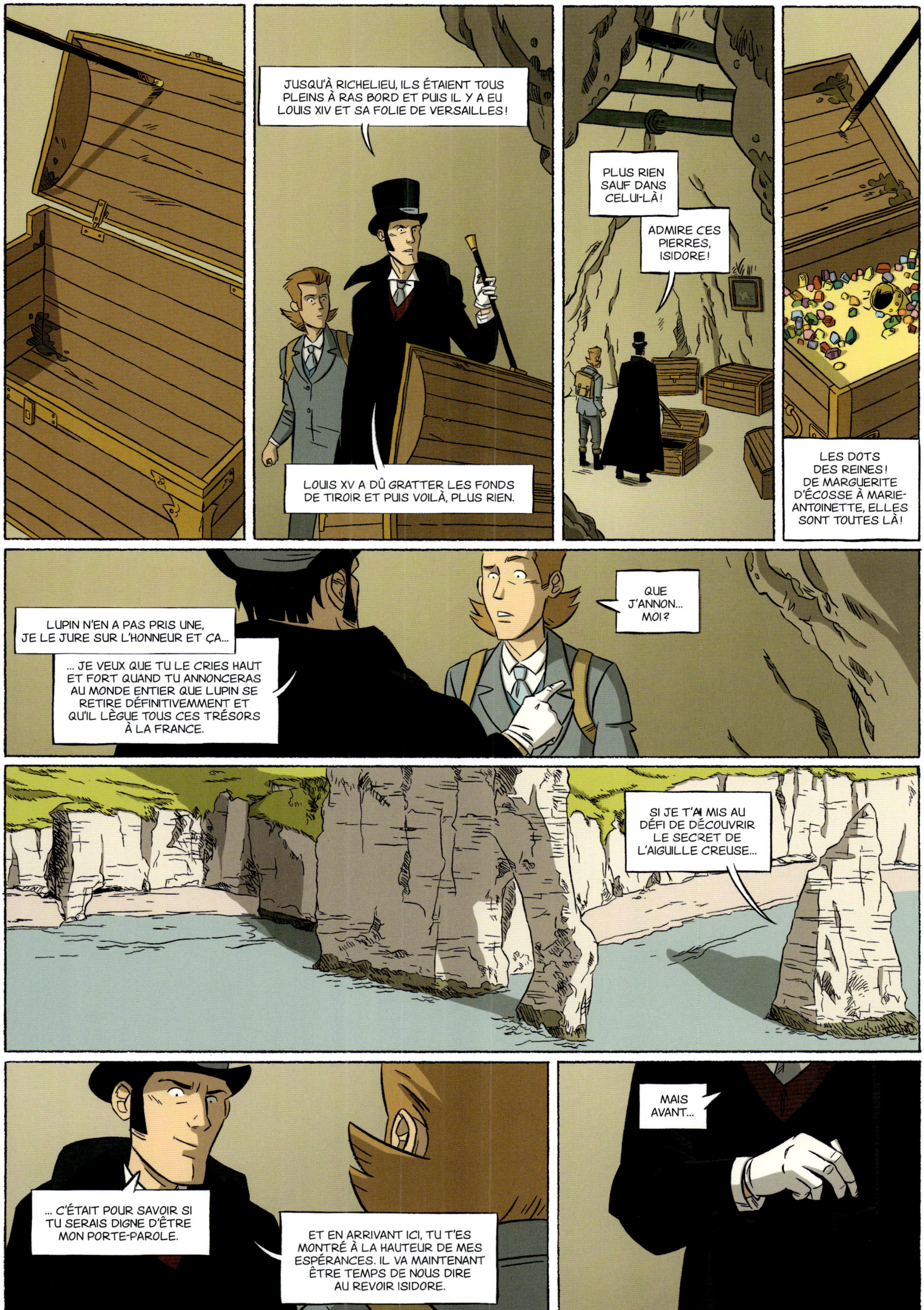
JUSQU'À RICHELIEU, ILS ÉTAIENT TOUS PLEINS À RAS BORD ET PUIS IL Y A EU LOUIS XIV ET SA FOLIE DE VERSAILLES !
LOUIS XV A DÛ GRATTER LES FONDS DE TIROIR ET PUIS VOILÀ, PLUS RIEN.
PLUS RIEN SAUF DANS CELUI-LÀ !
ADMIRE CES PIERRES, ISIDORE !
LES DOTS DES REINES ! DE MARGUERITE D'ÉCOSSE À MARIE-ANTOINETTE, ELLES SONT TOUTES LÀ !
LUPIN N'EN A PAS PRIS UNE, JE LE JURE SUR L'HONNEUR ET ÇA...
... JE VEUX QUE TU LE CRIES HAUT ET FORT QUAND TU ANNONCERAS AU MONDE ENTIER QUE LUPIN SE RETIRE DÉFINITIVEMMENT ET QU'IL LÈGUE TOUS CES TRÉSORS À LA FRANCE.
QUE J'ANNON... MOI ?
SI JE T'AI MIS AU DÉFI DE DÉCOUVRIR LE SECRET DE L'AIGUILLE CREUSE...
... C'ÉTAIT POUR SAVOIR SI TU SERAIS DIGNE D'ÊTRE MON PORTE-PAROLE.
ET EN ARRIVANT ICI, TU T'ES MONTRÉ À LA HAUTEUR DE MES ESPÉRANCES. IL VA MAINTENANT ÊTRE TEMPS DE NOUS DIRE AU REVOIR ISIDORE.
MAIS AVANT...

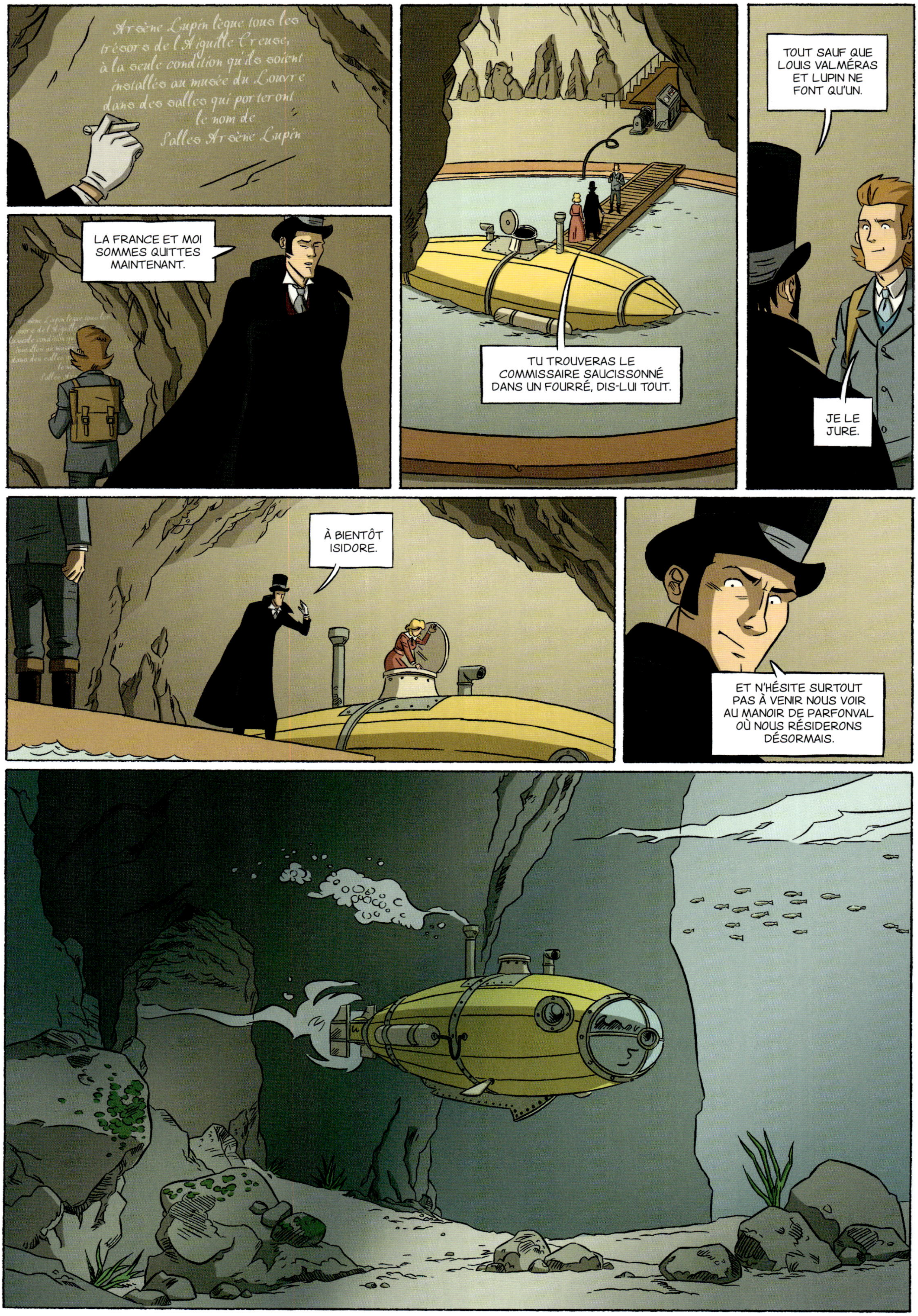
Arsène Lupin lègue tous les trésors de l'Aiguille Creuse, à la seule condition qu'ils soient installés au musée du Louvre dans des salles qui porteront le nom de Salles Arsène Lupin
LA FRANCE ET MOI SOMMES QUITTES MAINTENANT.
TU TROUVERAS LE COMMISSAIRE SAUCISSONNÉ DANS UN FOURRÉ, DIS-LUI TOUT.
TOUT SAUF QUE LOUIS VALMÉRAS ET LUPIN NE FONT QU'UN.
JE LE JURE.
À BIENTÔT ISIDORE.
ET N'HÉSITE SURTOUT PAS À VENIR NOUS VOIR AU MANOIR DE PARFONVAL OÙ NOUS RÉSIDERONS DÉSORMAIS.

* VICTOIRE EST LA MÈRE ADOPTIVE D'ARSÈNE LUPIN.

À PARTIR DE LÀ, JE N'AVAIS PLUS QU'À ATTENDRE QUE TU VIENNES LA VOIR !
VA-T'EN ARSÈNE, NE T'OCCUPE PAS DE MOI, FUIS !
JE NE LE DIRAIS QU'UNE FOIS SHOLMES, LAISSE-LA...
... SINON...
BOUGE ENCORE UN DOIGT ET JE LUI EXPLOSE LE CAISSON !
TROP TARD !
PAN !
PAR ICI VICTOIRE...
QUANT À TOI SHOLMES...
... LÂCHE CETTE ARME...
... ET ÉCOUTE PLUTÔT CE QUE J'AI À TE DIRE. ÇA T'ÉVITERA DE TE PRENDRE UNE AUTRE BALLE POUR RIEN.

PROMETS-MOI DE ME LAISSER VIVRE TRANQUILLE ET JE TE JURE QUE TU N'ENTENDRAS PLUS JAMAIS PARLER DE LUPIN.
À D'AUTRES !
JE LE FAIS PAR AMOUR POUR RAYMONDE QUI VEUT ÉPOUSER UN HOMME HONNÊTE. APRES TOUT ÇA NE DOIT PAS ÊTRE PLUS DÉSHONORANT QU'AUTRE CHOSE ?
TU VOIS MAINTENANT, TU N'AS PLUS AUCUNE RAISON DE M'ARRÊTER, SURTOUT QUE J'AI DECIDÉ DE RENDRE À LA FRANCE CE QUE JE LUI AVAIS VOLÉ DE PLUS PRÉCIEUX. BEAUTRELET TE DIRA OÙ TOUT EST.
ET TU CROIS T'EN TIRER COMME ÇA APRÈS TOUTES CES ANNÉES PASSÉES À M'HUMILIER !
PAN !
MEURS LUPIN...
... MEURS !
CANAILLE !
PAN !
HAAAARGH !!!!
RAYMONDE !
RAYMON...

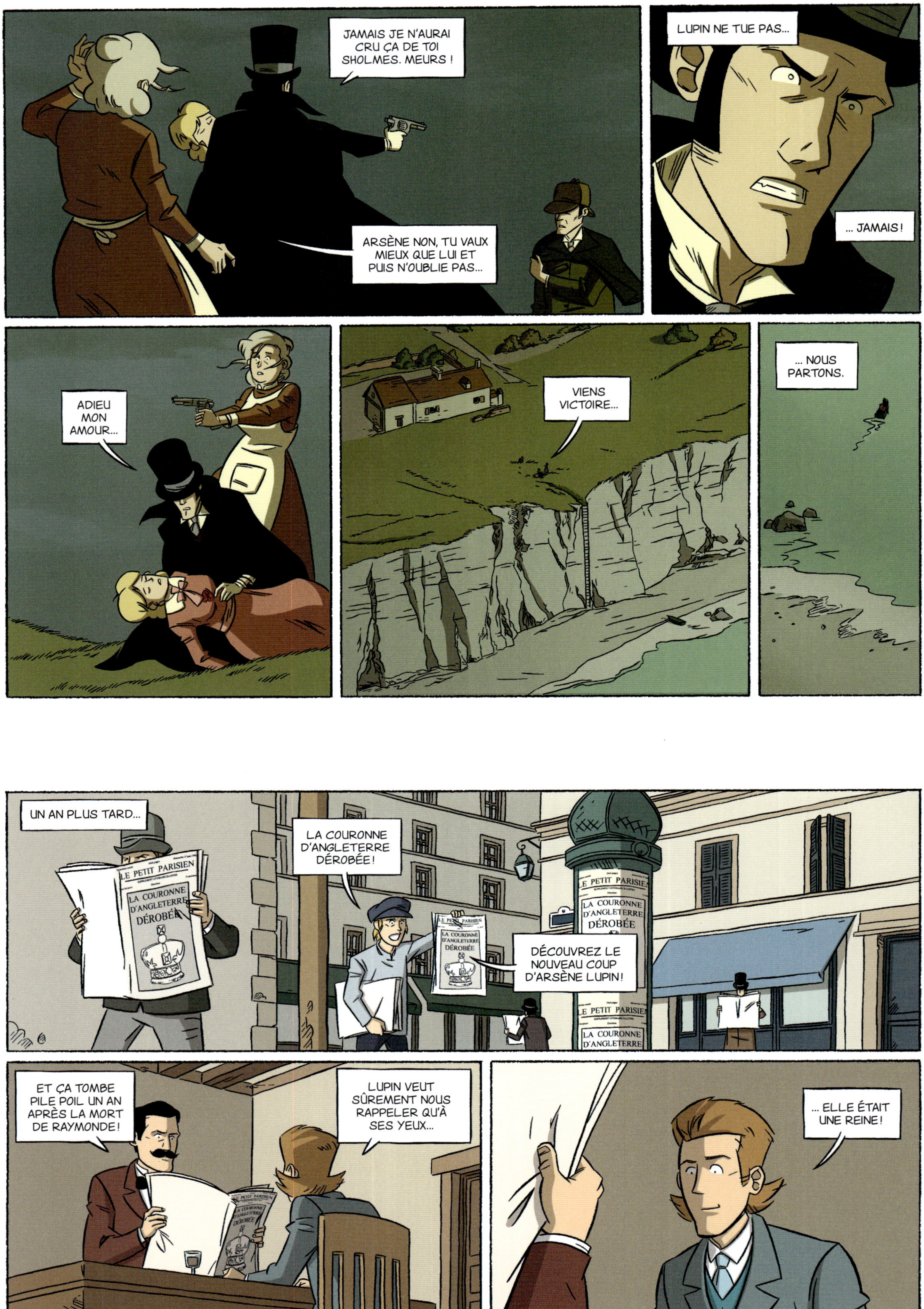

JAMAIS JE N'AURAI CRU ÇA DE TOI SHOLMES. MEURS !
ARSÈNE NON, TU VAUX MIEUX QUE LUI ET PUIS N'OUBLIE PAS...
LUPIN NE TUE PAS...
... JAMAIS !
ADIEU MON AMOUR...
VIENS VICTOIRE...
... NOUS PARTONS.
UN AN PLUS TARD...
LE PETIT PARISIEN
LA COURONNE D'ANGLETERRE DÉROBÉE
LA COURONNE D'ANGLETERRE DÉROBÉE !
DÉCOUVREZ LE NOUVEAU COUP D'ARSÈNE LUPIN !
ET ÇA TOMBE PILE POIL UN AN APRÈS LA MORT DE RAYMONDE !
LUPIN VEUT SÛREMENT NOUS RAPPELER QU'À SES YEUX...
... ELLE ÉTAIT UNE REINE !

SUR LES PAS D'ARSÈNE LUPIN

Un texte de Patrick GUEULLE
en collaboration avec Pierre-Antoine DUMARQUEZ

Début du xxe siècle : au hasard de ses cambriolages de musées et de riches demeures, Arsène Lupin tombe sur un énigmatique parchemin.

En seulement dix jours, Arsène Lupin parvient à décoder l'étrange parchemin désespérément rédigé par le roi Louis XVI avant de monter sur l'échafaud.

Mais quel formidable secret Lupin a-t-il pu découvrir derrière cette suite de mots et de chiffres ? C'est ce que nous vous invitons à découvrir dans les pages qui suivent.

Fort de Fréfossé
Chambre des demoiselles

ÉTRETAT
2..2.1.

Étretat à l'époque d'Arsène Lupin.

Le premier mot du parchemin nous indique clairement où débuter nos investigations. Rejoignons donc la magnifique cité balnéaire d'Étretat et grimpons en direction de ses célèbres falaises.

LA CHAMBRE DEMOISELLES
.1..1...2. 2. .2.43.2..2.

Étape essentielle, cette petite grotte très fréquentée par les touristes a été creusée par la main de l'homme dans un piton calcaire surmontant la falaise d'Aval.

À l'époque médiévale, un vertigineux escalier (dont on devine encore les trois premières marches !) la reliait à la plage. Signalé « en fort mauvais état » vers 1840, il a progressivement disparu au fil des éboulements liés au recul des falaises.

À l'origine, il s'agissait d'une guérite de veille à vocation militaire, mais une légende raconte qu'elle aurait eu l'occasion de servir aussi de prison à trois sœurs se refusant au « droit de cuissage » du seigneur local qui résidait au château de Fréfossé, situé au Tilleul. Ne cédant pas, elles y perdirent la vie dans des conditions que l'on raconte de plusieurs façons différentes, à recueillir sur place...

La Chambre des demoiselles.

À l'intérieur nous découvrons deux étranges lettres incrustées dans le mur mais suivons l'ordre du parchemin et intéressons nous d'abord au fort de Fréfossé...

SOUS LE FORT DE FRÉFOSSÉ
.45.. 2.4...2 ..2.4..2

Une certaine confusion (peut-être bien volontaire ?) règne entre deux constructions ayant existé au même emplacement, mais à plusieurs siècles d'écart :

- le fort de Fréfossé, ouvrage militaire crénelé datant au moins de la guerre de Cent Ans mais toujours en activité au XVIe siècle, dépendant du château-fort du Tilleul (détruit au XVIIIe siècle pour être remplacé par l'actuel château de style Renaissance). Il pourrait avoir été lui-même construit sur des vestiges romains, tandis qu'un souterrain de près de deux kilomètres reliait vraisemblablement ces deux forteresses ;
- la tour de Fréfossé, petit castel néo-gothique édifié dans les années 1890 à usage de salon de thé, mais détruit par dynamitage le 26 octobre 1911 ; pas du tout sur injonction de l'autorité militaire (suite aux révélations de Maurice Leblanc !), mais plutôt... pour défaut de permis de construire.

On en voit encore quelques décombres (en briques et fausses pierres) au pied de la falaise d'Aval, devant le « trou à l'homme » !

La tour de Fréfossé.

Emplacement de l'ancien fort de Fréfossé détruit au XVIIIe siècle et de la tour de Fréfossé dynamitée le 26 octobre 1911.

Maintenant que nous avons trouvé le fort de Fréfossé, retournons voir les deux lettres que nous avons découvertes dans la Chambre des demoiselles.

Deux grandes lettres, D et F, sont bel et bien visibles à l'intérieur de la Chambre des demoiselles, qui sont à l'évidence les initiales des mots Demoiselles et Fréfossé. N'en déplaise à Maurice Leblanc, ces lettres ne sont pas gravées dans du « granit », pas même creusées dans le tendre calcaire du sol, mais elles forment au contraire un relief. Et à y regarder de plus près, on dirait bien... du ciment ! Le romancier pourrait-il les avoir fait réaliser dans le but de satisfaire ses innombrables lecteurs venus vérifier sur place ? Eh bien jouons le jeu, et tentons maintenant notre chance avec le nombre 19. Que peut-il bien signifier ? Probablement une mesure... Mais comment savoir d'où mesurer ? Et si c'était à partir du rectangle situé entre les lettres DF et le chiffre 19 ?

Le rectangle du parchemin reproduit visiblement la forme de la meurtrière percée dans la paroi de la chambre, sans oublier la saillie présente dans son coin inférieur gauche. D'ailleurs, en posant les deux pieds sur les lettres, la vue porte, à travers la fenêtre, vers un vieux pan de mur, possible vestige de l'enceinte du premier fort de Fréfossé.

Revenons maintenant au chiffre 19 que nous avons identifié comme une mesure.

Compte tenu de l'ancienneté du document, si ce nombre exprime une distance à partir de la fenêtre, elle ne peut être exprimée qu'en toises (1 toise = 1,80 mètre), le système métrique n'étant entré en vigueur qu'en 1790. Attachons donc une ficelle à la saillie de la fenêtre, et déroulons-en 37 mètres !

La ficelle nous conduit jusqu'au muret aperçu depuis l'ouverture de la Chambre des demoiselles.

Reste à savoir si vous y trouverez la croix qui active l'ouverture du souterrain menant à l'Aiguille creuse ou si celui-ci est une pure invention de Maurice Leblanc...

Derrière la trappe qui s'ouvre dans le muret quand on manœuvre la petite croix, un court tunnel voûté de briques conduit à un escalier de 45 marches, en bas duquel une forte porte donne accès à la crypte creusée sous le fort de Fréfossé, où aboutissait forcément le souterrain venant du château.

Le triangle du parchemin ressemble étrangement au triangle de fer qui renforce la porte. Ne faut-il pas poser les pieds sur la 44e marche et faire jouer l'un des clous de fer situé sur la porte ? Ça y est, la porte s'ouvre et débouche sur un second escalier de 358 marches creusées dans la craie qui conduit en dessous du niveau de la mer. Mais où nous mène donc ce souterrain ?

Des quantités de souterrains de ce genre existent à Étretat ou dans son voisinage immédiat, dont certains peuvent encore être explorés : ouvrages de captage d'eau potable ou d'assainissement, passages secrets entre villas voisines, ou tout simplement tunnels pour passer d'une plage à l'autre. Maurice Leblanc n'a donc rien inventé, il a juste un peu brouillé les cartes pour que le premier touriste venu ne découvre pas trop facilement le pot aux roses.

Ouvrage de captage d'eau qui donne sur un souterrain.

Souterrain reliant deux villas d'Étretat.

AIGUILLE CREUSE
13.53..2 ..25.2

Bienvenue dans l'Aiguille creuse. C'est ici que les rois de France y ont caché leurs plus fabuleux trésors. Arsène Lupin qui l'a mise à jour en a fait sa cachette.

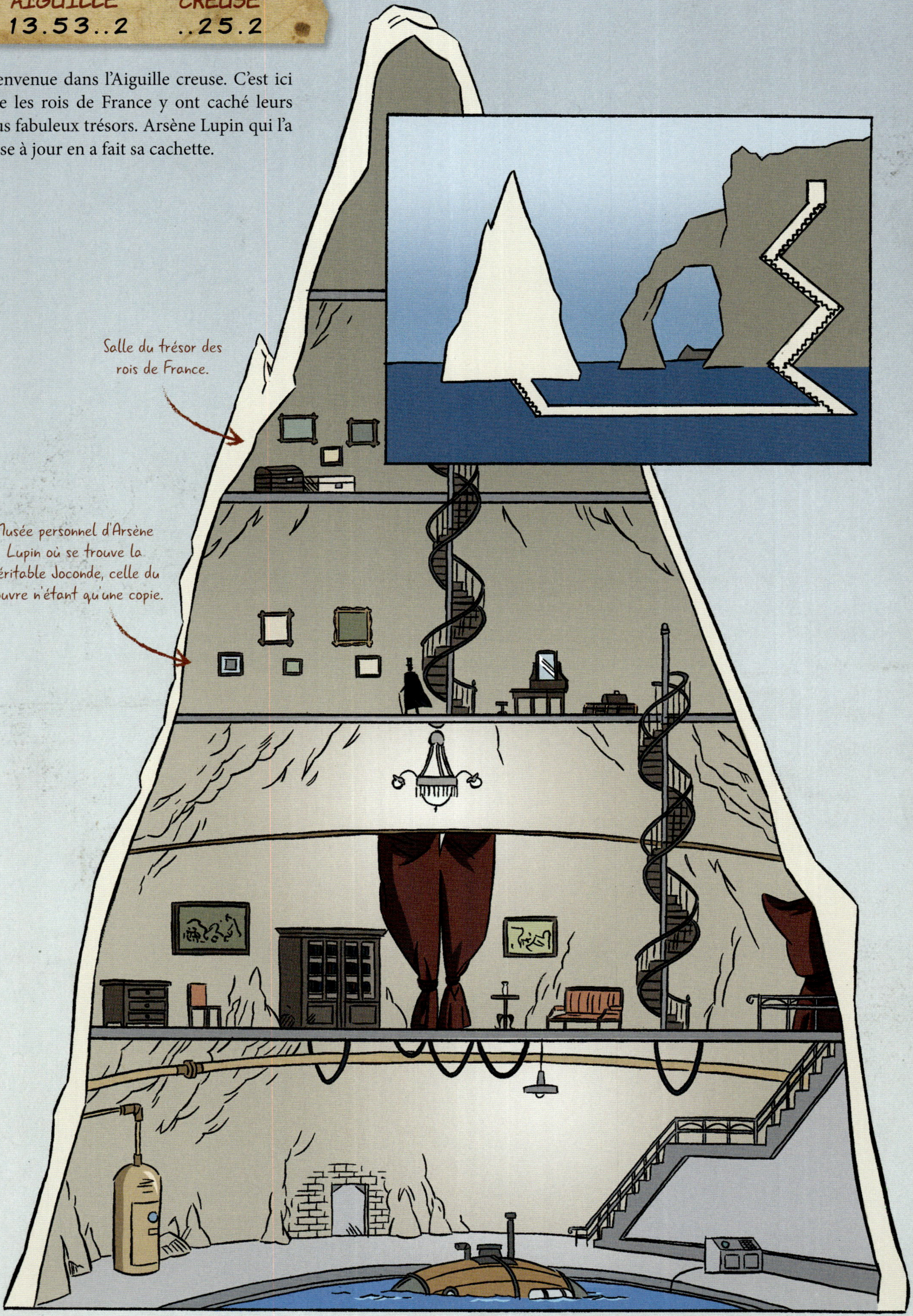

BALADE EN PAYS DE CAUX

Chaque aventure d'Arsène Lupin est une merveilleuse occasion de découvrir quelques curiosités de ce pays de Caux que Maurice Leblanc aimait tant sillonner à bicyclette.

S'il ne tombe pas dans le piège du château de l'Aiguille, dans la Creuse (copie presque conforme du château de Fréfossé !), le lecteur perspicace se dirigera plutôt vers Dieppe, et en particulier vers le village d'Ambrumesnil.

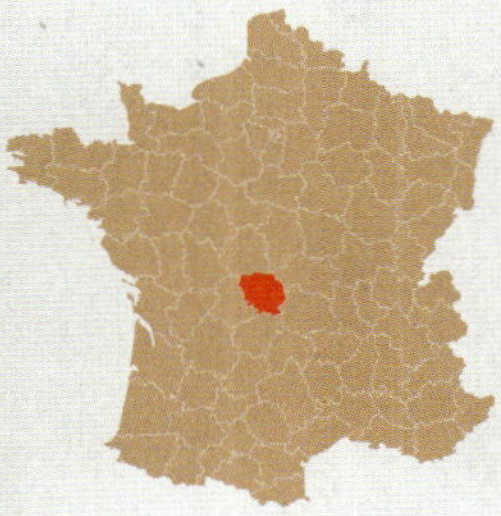

Château de l'Aiguille dans la Creuse.

Château d'Ambrumesnil.

C'est là qu'il faut chercher (et même trouver !) : le curieux château d'Ambrumésy, point de départ de toute l'histoire et aujourd'hui propriété privée (on ne visite pas, mais il est possible de tenter un discret contournement...).

Étretat est une petite ville de bord de mer, entre Fécamp et Le Havre, sur la côte d'Albâtre. C'était une station balnéaire très en vogue à la Belle Époque, réputée pour son casino, son golf, son air vif, sa promenade de bord de mer mais aussi pour ses nombreux résidents occasionnels, les écrivains, Flaubert, Maupassant, Karr, les peintres, Monet, Courbet, Corot, Boudin, le compositeur Offenbach. Maurice Leblanc a choisi de s'y installer et y a campé le décor de son plus célèbre roman, *L'Aiguille creuse*, qui a sans aucun doute contribué à la renommée d'Étretat et de la fameuse Aiguille que l'on ne peut approcher à pieds secs que quelques jours par an...

Plus au nord, en direction du Tréport, le village de Biville-sur-Mer est le théâtre de la tragique conclusion du roman. La ferme de la Neuvillette, dans laquelle Arsène Lupin avait résolu de se retirer avec sa bien-aimée Raymonde de Saint-Véran, existe bel et bien, à l'extrémité d'une belle allée bordée de grands arbres. C'est aujourd'hui un gîte rural agréablement situé.

La ferme de la Neuvillette.

Au-delà, le chemin se poursuit vers la gorge de Parfonval, autrement dit « Port-Lupin », terminus de la rocambolesque fuite en « canot automobile submersible ».

Gorge de Parfonval.

Aujourd'hui quasiment impraticable, cette « valleuse suspendue » dont il existe plusieurs exemples le long de la côte d'Albâtre a perdu la dangereuse échelle qui permettait de rejoindre la plage.

Il n'empêche que l'on peut identifier sans peine l'endroit où Herlock Sholmes tua Raymonde, et de là, imaginer Lupin descendant lentement vers la mer avec son cadavre dans les bras.

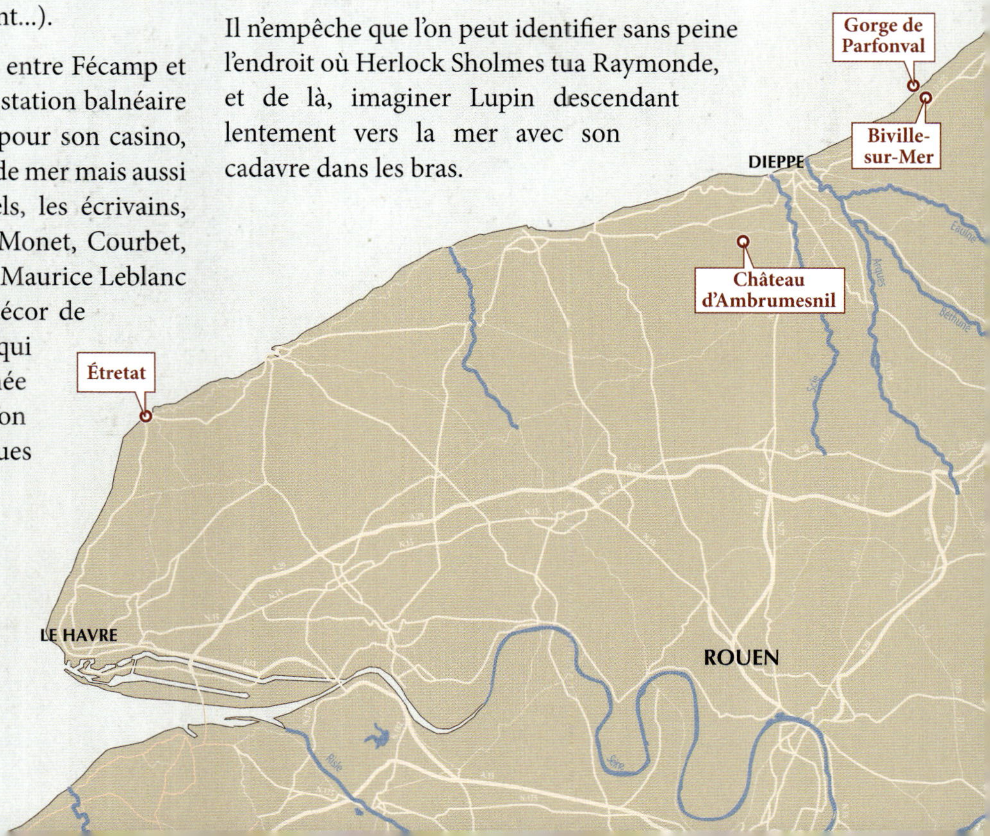

LE CLOS LUPIN

C'est une belle demeure à pans de bois, typique des stations balnéaires du littoral normand. Située à l'entrée d'Étretat à quelques mètres du Perrey, elle s'élève sur trois niveaux au fond d'un joli jardin à la française.

Maurice Leblanc l'a louée en 1915 pour l'acquérir ensuite en 1918. Immédiatement, il la baptise Le Clos Lupin. Il y fait des travaux, un balcon en bois entre les deux *bow-windows* de l'étage et surtout recompose le jardin et sa pergola. Il plante des American Pillars, des rosiers grimpants dont il raffole, fait construire un faux puits et installe quelques statues qu'il décapite lui-même pour les rendre plus authentiques.
Il écrit dans un bureau en forme de rotonde et s'inspire souvent de ses recoins, multiples cabinets et portes dérobées au fond du jardin pour décrire les aventures et péripéties de son héros.

C'est Florence Leblanc, unique petite fille de Maurice Leblanc, qui est à l'origine de la nouvelle vie du Clos-Lupin.
Florence met au point le principe d'un itinéraire scénographique et le 26 juin 1999, le musée Le Clos Arsène Lupin, Maison Maurice Leblanc ouvre ses portes au public.
Depuis 2011, le label « Maison des Illustres » est attribué à la Maison Maurice Leblanc par le ministère de la Culture. Il garantit un programme culturel de qualité, original par son contenu muséographique.

En 2012, la ville d'Étretat rachète la maison avec l'intention d'enrichir le contenu de la visite en se tournant vers des projets dans l'air du temps, comme un *escape game*. Les personnages d'Arsène Lupin, Ganimard et Herlock Sholmes, et les nombreuses énigmes inventées par Maurice Leblanc, laissent matière à utiliser ce nouveau mode de jeu sur le site déjà bien mystérieux.

Plus qu'une simple visite, nous sommes conviés à une véritable incursion dans l'intimité d'un auteur, dans sa maison, mais au-delà, dans son œuvre, sur les traces de ses personnages et de son célèbre héros.
C'est un voyage dans le repaire d'Arsène Lupin, pour résoudre avec lui l'énigme de l'Aiguille creuse.

Crédits : les photographies utilisées dans le dossier *Dans les pas d'Arsène Lupin* sont issues d'une collection particulière et/ou ont été fournies par les auteurs. Sauf photographie de la falaise d'Étretat, crédit : Corinne - stock.adobe.com.

OREP
EDITIONS

Zone tertiaire de Nonant - 14400 BAYEUX
Tél. : 02 31 51 81 31 - Fax : 02 31 51 81 32

E-mail : info@orepeditions.com - **Site internet :** www.orepeditions.com
Éditeur : Grégory PIQUE - **Conception : OREP éditions**
Coordination éditoriale : Joëlle MEUDIC
Graphisme - Mise en pages : Antoine SALMON

ISBN : 978-2-8151-0419-7 - Copyright OREP 2018 - **Dépôt légal :** 2e trimestre 2018